JN094612

ぼくの地球

織部和宏
ORIBE KAZUHIRO

幻冬舎 MC

ぼくの地球

目次

ぼくの地球

はじめに

ここに記す文章は私と私に強い印象を放って去っていったある若者との会話や行動を基に、その大まかなあらすじを独自の考察により理論的にまとめたものである。

彼は、私が五十代に突入し「老い」というものが人生において如何なる意味を持つのかについて考え始めた矢先に突然現れた。

「老い」というものは概ね否定的な意味を伴って人々に捉えられがちだが、しかし、私がそこに何らかの希望にも通じるヒントのようなものを見出した瞬間、彼は私の眼前に登場したのだ。あり得ないことだが、彼は私に生き写しだった。正確に言えば若い頃の私にそっくりだった。だからこそ、私は彼に興味を覚え、彼との会話とその印象を正確に記録しようと考えたのだ。

私は彼が発した最初の言葉を鮮明に覚えている。なぜならば、その言葉はきっと私の脳裏におそらくは数十年前にはすでにあったにもかかわらず、そしてしばしばその意味について自問しながらも、ついに一歩を踏み出せないままに終わっていた言葉に違いなかったからだ。

そしてその言葉は、私が見た彼の最初の動作と実に象徴的に調和していた。彼は明らかに、私が老いに突入する以前には到達し得なかった境地にすでに十分すぎるほど入り込み、そしてそこにある雰囲気を見事なまでに体現していた。

私は彼を初めて見た瞬間、二次元的なものが三次元的なものに変化するのを感じた。そこではモノクロームであるはずのものが、時間を飛び越えることによって多色化し、触れることのできなかった感覚が具体的な形を伴って、私の掌に生の温もりさえ帯びながら、極めてポジティヴなメッセージを発しようとしていた。

この驚くべき現象は、しかしその非現実性にもかかわらず、私の中で日々増幅し、想像上の産物でしかないものが、特に青春を生きる者にとって、いつしか日常における掛け替えのない存在となっていくように、この五十歳を過ぎた私の一縷の希望として、私にこのような書を記させようとするその動機となっている。

彼は明らかに、私の中で何かを補う存在としてその役割を果たしている。きっとそれは誰にでも起こり得る事象であり、故にこれを単に私個人の身の上に起きたある一つの出来事として割り切ることはできないように思う。甚だ僭越ながら、ここに記されるべき内容のすべては、おおよそその人生を幸福の名において定義しようと試みるすべての人に、何らかの重要なインスピレーションを喚起し得るものであり、また同時に理想と現実との、そして結果と過程とのはざまで日々苦悶する人にとっても、「実践のための何か」を得る、その一つのきっかけとなり得るものなのである。

私たちは常に二つの選択肢の間で揺れ動いている。目標が明確でない場合、選択の自由が確保されていることが、逆説的に彼の自由を狭めているのである。だが、このように考えることは有意義であろう。数多くの選択肢の羅列の中に、未来へとつながる何かがあるのではなく、彼が存在するそのすぐそばにあるたった一つの閃きが、彼を充実感ある明日へといざなうのであると。

ここに登場する若者は、まさにそのたった一つの閃きであろう。彼は、複雑な方程式を操る者でもなければ、また高邁な理想を語る者でもない。故に彼は、衝撃であるにもかかわらず偶然であり、また究極であるにもかかわらず中庸なのだ。

きっと私は、彼の中に普遍を見出そうとしているのであろう。だがこれは虚しいことではない。なぜならば、誰であれ明日に希望を見出そうと努める者は、諦めないが故に、そこに何らかのオリジナルの価値観を確立することが可能であるからだ。それは、しばしば孤独を誘発するにもかかわらず、彼の理想が普遍を伴う限りにおいて、彼が体現するすべては、少なくとも彼と同じように模索を続ける者にとっては、永遠すら感じさせる善的な権威となり得るのである。

私は彼の言動に普遍的な原則を見る。それは、彼が善的な存在であると定義できた場合にのみ有効なものだが、しかし同時に、如何に時代が移り変わろうとも、そこにある実践可能な価値は、私が彼の行動様式の中に善的な存在であると定義することが可能な人類の最終形（少なくともその二分の一）を見出すことに成功する限り、いささかも減じることはあるまい。

彼の言動の支柱ともなるべきその精神性は、おそらくはこの世に文明というものが誕生したその瞬間からほぼ変わることなく、私たちの日常の中に程度の差こそあれ、またそれを理解することのない瀆神的な考えに染まる連中が多数跋扈したにもかかわらず、ついに絶えることなく、今尚美徳として存在し続けているものと、ほぼその機軸を一にしたまま、今後も彼を理解できる人々によって語り継がれていくべきものであり、私はそれをここに正確に記すことによって、可能であれば、未来を生きる人々に「実践可能な善の集積体の最も基本的な部分」として伝えていきたいと考えているのである。

おそらくはこういうことであろう。私たちが認識可能な領域というものは、実に広大であるにもかかわらず、そこに日常に転用可能な善的な秩序を見出そうと思うのであれば、一個人が取り組むべき範囲は、その十分の一、いや二十分の一以下でしかあるまいということである。

そしてそこにおいて模索されるべき哲学は、しばしば絶対の衣を纏いあらゆる勢力をも論破し得るものである。

彼は確信する。そして彼は真実の一端に触れることによって、おそらくは「普遍とは何か」を知り、そして実践のために、認識可能な領域のうちの最も不明瞭な部分の定義に日々挑戦する。

個性とは存在のことである。

では存在とは何なのか？


そろそろ本題に入るとしよう。

第一章　目覚め　春

私が彼を最初に見た時、すでに彼はごく平凡な動作の後に、実に象徴的な対応を自身に義務付けているように見えた。そして私は、彼がある一定の法則のもとに、おそらくは原則的な動作を、おそらくは日々繰り返しているに違いないことを、極めて短時間の裡に見抜いた。彼の一連の動作は、模範的と称されるべきものであるにもかかわらず、私の目から見てもある種の特殊性を帯びており、故に私が彼を知ってから数週間のうちにも、彼とまったく同じ動作を日常的に反復している人をついに見ることはなかった。

お断りしておかなければなるまい。彼は何らかの特別な技術を用いて、彼が果たすべきと考えている動作を完了させたわけではない。その時ペットボトルは極めて自然な一連の動作の後、コンビニエンスストアのごみ入れに収まり、彼は何事もなかったかのように、その予定外の対応から本来の対応へと素早く意識の切り替えを行っていた。

そう、彼は道端に落ちていたペットボトルを拾い、然るべき対応で最もよい結果を出しただけなのである。

ここで確認しておかなければならないのは、彼の極めて自然な一連の動作が、彼の行動の非特殊性をよく表しているにもかかわらず、すでに私は去っていく彼の背中に、体系づけられた善的な個性を見出し始めていたということだ。

なるほど、ここはもう少し補足が必要な部分であろう。だが私は、彼の動作に習慣とはまったく別個の、つまり意思に基づくオリジナルの閃きを感じた。ここは極めて主観的な部分であるために、疑問を差し挟む人がいたとしても、ここを論理的に説明するのは難しいであろう。

だが（すでに述べたように）彼は若い頃の私に、その時点においてすでに似ていた。そして私は、そのことを敏感に感じ取ることができた。誰でもそうであろう。かつての自分とは、その生活が順調であったにせよそうでなかったにせよ、現在の自分に常に何らかのシグナルを発信し続けているものなのである。したがってそこに、容姿はともかくインスピレーションの範囲内において肯定的（時に憐憫が混ざる）に解釈されるべき何らかの感覚のゆらめきが入ることは、何ら不思議なことではないのである。

ここでいうかつての自分とは、言うまでもなく最も感受性の強かった頃の、つまり青春時代の自分のことである。私は彼の正確な年齢をついに知ることはなかったが、しかし真に普遍性が宿るべきインスピレーションの源泉とは、それを理解するための一切の手続きを省略しても、間違いなくそこに尚あまりあるものであり、彼の存在そのものが、彼の履歴書に記されるであろうすべての情報を押しのけて、さらに言えば、ついに瞬間と永遠とを直接結び付ける媒体としての役割を果たし得たとしても、それはまったく不思議なことではないのである。

私が青春という言葉から連想する第一のものは、アイデンティティーである。そして青春の経験のすべては、このアイデンティティーの確立のためにある。故に青春とは主観的であり、非連続的であり、そして損得勘定抜きである。

ここは、その人生において存在と個性がイコールになる唯一の時期であり、排他的であるにもかかわらず本質的であることが、誰の目にも証明される、言ってみれば精神の故郷が形成される時期でもある。だから青春とは旅であり、模索であり、また迷走である。

私は彼の中に、ここに述べたすべてを見る。彼は青春の彷徨の末にある境地に達した。きっと彼はこう考えたに違いない。幸福を基準にするのであれば、客観的に信頼に足るデータというものは、おおよそ意味を持たない。永遠は瞬間とつながっており、自身の極めて排他的な判断によってそれは意味を持つことになる。

その唯一の条件はその判断が善に基づいていること。

ここに来るべき言葉については、まだ述べる必要はないであろう。だがここには、知の可能性を信じる者に共通の恍惚がある。なぜならば、現実というものは悉く理想とは真逆の価値観によって構成されており、しかもそれらは、取引が成立しない限り何ら意味を持ち得ないものであるがために、実に正確に本質から逸れ続けているからである。ここに歯痒さを感じない知的エリートはいないであろう。本質を見抜く力があるからこそ、利と無縁であるという孤独感と寂寞たる思い。利と理の乖離は悲劇しか生まないことは自明であるが、もしここに私が彼についての記録を残さなければ、間違いなくその確率は高まるであろう。それほどまでに永遠につながらない瞬間の連続によって、私たちは負の覚醒に翻弄されている。私は彼の記録をここに残すことに、ある種の運命さえ感じているのだ。

普遍的な価値が最先端の認識とクロスする時に、真の芸術が生まれる。これを創造の化学反応と呼んでも差し支えあるまい。彼は実践する哲学者であり、芸術家であり、またしばしばパスポートを持たない預言者である。

計算ではなく調和であり、事実ではなく感覚であり、何より形而下ではなく形而上である。

もう少し彼に関する考察を続けよう。

誰でもそうだが、行為のすべては完結を目的としている。だからそこには意思の作用が認められるのである。だが彼の場合そこに求められるべき合理性が、他の人々とはやや異なっているのである。彼には明らかに神秘主義に対する傾倒が見受けられる。そのため、彼は統計やまたは傾向と対策といった概念をかなり強く否定しようとしていた。というのも普遍的な価値の絶対優位は、そこに如何なる諸事情が差し挟まれようとも決して揺らぐことはないからだ。

ここでまた瞬間と永遠とがつながっているという彼独自の哲学が出てくるわけだが、たった一つの善という条件を見事にクリアすれば、ここは実は容易に理解され得るべきところだ。だから、彼がこだわる絶対性が排他的であるにもかかわらず説得力を持つのである。

善という永遠、そしてそれに通じ得る一つの行為。

この善は調和とも言い換えることが可能なものだが、しかし彼がその絶対性によって迷いを排除することにほぼ成功しているために、彼の判断と行為、そしてそれに続く完結までの過程のすべては、時間の有効的な活用とも合致し、少なくとも一つの人生の究極の理想を私に想起させる。

彼は人生の対象を知ることとの重要性を知るとともに、「今」と「終着点」との間にあるべき一本の線（間違いなく一本しかない）に救いを見出そうとしているかのようだ。ここは、彼の目的のみならず、それへのアプローチの仕方も含めてということになるが、彼はジグソーパズルを一つ一つ埋めていくかのように、理性を拠り所にして、善のピースの組み立ての美学を実践しているように見える。そこでは善故に個別の事情が無意味化され、利のための序列の否定が決定的になっている。そして彼は理想を三次元的に捉え、さらにそこに有機性を持たせようとしている（二次元的無機性が排除されている）。だからであろうか、彼は時間をゆっくりと贅沢に使おうとする傾向があった。彼の過去についてはまだ記す必要はあるまい。だが一度レールから逸れてしまった場合、その人生を立て直すために必要な認識は、失った時間を取り戻すべく、彼は昨日よりも急がなければならないということである。おそらく彼はそれに失敗した。そして一度失われた時間は、如何なる知恵を弄しても取り戻すことはできない。したがって彼には絶対が必要になったのであろう。なるほど彼とて最初から善の必要性に気付いていたわけではあるまい。だが何らかの個人的な事情が彼を精神的な世界へと導いた。それは取り戻すためではなく、それどころかその逆、ぜい肉をそぎ落とすためであった。だから彼は次の言葉から遠いのである。

復讐

彼はその日常において普遍的な価値の追求に余念がない。数値化可能な価値は彼の人生から急速にその意味を失いつつあり、またその一方で絶対の権威の衣を纏った一つの概念が、しかし善を伴って、彼のその内面においてその支配的地位を確保し始めている。しかも彼は、絶対の権威への無条件降伏の代償として、極めて合理的な精神の安定をおおよそ得ている。

彼は人の言葉を容易に信じない。だがそれは彼がたった一つしかない精神の着地点を模索しているからであって、決して情念に左右されることのない、最も合理的な日常生活の完成形を求めているが故なのである。

しかもその精神の着地点は、それぞれの個性によって異なるためにそこに共通の方程式はなく、それは個々人が自らのオリジナルの「個性の活かし方」を模索し続けることによってしか見つけることができない。

そして彼を漢字一文字で表せばこのようになる。

凪

これは、彼のあるべき精神状態をうまく言い表している。彼は常に安定し、時の流れに抗うことなく、そして価値というものに対して常にフラットである。だからであろうか彼はしばしば「引き算」という言葉を用い、今という瞬間を過去から切り離そうと試みているようだ。

人生の価値は積み重ねていくことができるものの上には存在せず、プラスとマイナスが拮抗している状態においてこそ決定的なものとなる。だがそれはその時点においては確定しないために、誰か彼の後継者（任意の一人物）が現れてその価値を確定させる必要がある。したがって彼は嘘の排除に関しては実に神経質なほどであり、絶えず正と負のバランスを図ることに腐心し、日常に溢れている不都合な瞬間を、如何に精神的に合理的に処理しようか考えているようだ。

ここには幸福に関する彼独自の省察がある。おそらくは、彼の複雑すぎる過去は、一旦彼をその克服へと向かわせ、その後、成功による過去の無意味化ではなく、今という瞬間のための幸福の追求へと舵を切らせたのであろう。

彼は言う。

――すべてはぼくの内側において発生し、また完結する。

この世を覆っているのは事実ではなく認識である。したがって、その時点における高さよりもその時点における角度によってその幸福度は決まる。そこでは、今という瞬間において右肩上がりであると感じられるか否かが実に重要になる。

個の可能性、それがここでは主語となっている。普遍的な価値によって満たされた目標、それは入れ替わるものではなく、繰り返されるものである。したがって、彼は決定権を常に確保するために、善であることを希求するのである。

――もし幸福を人生の基準とするならば、その計測器はぼくの内側にしかなく、そこでは「何を」ではなく「如何に」その対象を認識するかによってすべてが決まる。

瞬間は永遠と一体であり、また瞬間は過去と切り離されている。

そして、物事には常に二つの側面があり、そのどちらかだけをとっても真実には辿り着けない。だから私たちは、そこにある罪に関しては例外的な状況にあるものを除き、一定の寛容さをもって見つめるべきであり、またおおよそ負の出来事というものは、その裏側を知ることによって、それまでとは真逆の捉え方をすることがしばしば可能であり、そしてそのことが、彼の言動のほぼすべてから霊的に感じ取ることができるのである。

瞬間的に判断しそれを主体的な行為に結び付ける。それがプラスに転じるか否かは、9割以上運任せなのだが、彼は言う。

――ここを楽天的に捉えることは可能だ。日常のすべては認識によって評価される、つまり主観的に、である。だから自分が何を好きで何をやりたいかが明確にわかっていれば、認識より前に言葉や行為があったとしてもそれを恐怖に感じることはあまりない。

また続けて言う。

――確かに運任せがマイナスに振れたままになる、つまり後悔が生じることもある。しかしその言葉や行為による負の感覚をある一つの概念を意識することである程度帳消しにすることはできる。

「それは自分のためではない」である。

ここにまた普遍が出てくる。彼は、これから生まれてくる人たちのことを言っているのであろう。ここはやや不思議なところだ。彼は、すべてはぼくの認識の裡にあると言っているのだから、自分が死んだ後のことは、基本的には尚更のこと完全任意となるはずである。だが彼はそれを嫌うのである。

――私たちは後世に肯定的に評価されるべき何かを残さなければならない。だから人生には夢や目標が必要になる。なぜならば夢破れそこに喪失感が生じたとしても、それが覚醒のための一つのきっかけになるからである。

彼は一度だけだが、「塵、芥の中で眠れ」と言ったことがある。これはある意味彼の本音の究極にある言葉であろうが、保身や富といった現世的なものを100％排除したところにのみあるものに、彼は何らかのインスピレーションを見出していたのであろう。

主体的であることが、個の認識を常に事実に優先させることが、そこに善を伴っている限り、排他的であるにもかかわらず、普遍的な価値を宿す前提条件の筆頭に来る。

そろそろ言わねばなるまい。

彼はこの地球という惑星について次のように言っているのだ。

――この地球はぼくのものだ。だからぼくはごみを拾い、その分別を怠らない。すべてはぼくのものであるこの地球を守るためだ。ぼくは樹を大切にする。ぼくは海を大切にする。この地球に生息するすべてのものを慈しむためには、それらが不可欠だからだ。ぼくがこの地球という惑星の中心にあり、ぼくがこの地球をコントロールしている。ぼくの価値は、少しだけだがこの地球の価値を上回っている。だからぼくは、この地球という惑星をまるで妹のように扱う。ここはぼくの家であり、またぼくの家族が暮らす故郷だ。美しく、か弱く、そして限定的だ。だからぼくはストイックであり、対象を循環させることに気を配る。ここでは何も拡大しない。ぼくはすべてを受け入れる。妹の罪も許す。もし必要であれば、ぼくの腎臓の片方も妹にあげる。この地球はぼくのものだから、ぼくはこの地球を守らなければならない。そこに他人の仕事はない。すべてぼくの仕事だ。ぼくがこの惑星を守る。ぼくは交渉する。抵抗もする。時に従うが、時に抗い戦うこともある。ぼくは妹を守らなければならない。妹が無事成長できるか否かは、まさにぼくにかかっているのだ。ぼくは認識し決断する。自分の不都合を妹に押し付けるようなことは決してしない。妹は従順でぼくに逆らったことなど一度もない。だからぼくも、妹がこれまでとは違った素顔をもし見せたとしても、それを咎めることはしないだろう。ぼくは、ぼくが妹を守っている限り妹が、ぼくを支持してくれることをよく知っている。ぼくは、ぼくの言葉も行為もそれが妹を守る善の行為である限り、最終的には、認識は合理的に蟠り(わだかま)を解消するであろうことを信じている。ぼくが妹を守り、妹がぼくを支持する。そこでは内側に向かうエネルギーと外側に向かうエネルギーとが拮抗している。だから精神はほぼ常に凪を維持していられる。きっとこういうことだ。ぼくと妹とをつないでいるものは愛だ。

彼が語る愛についてはまだここで触れる必要はあるまい。

その前にアイデンティティーについて語る必要があるのであろう。すでに、青春の第一の意義は、アイデンティティーを見つけることにあると書いたが、アイデンティティーは、個の確立という点でも決して外すことのできない概念である。そこでは、排他的な絶対自我が、社会の単一的基準という、本来個の人生の基準とは別物でしかないものに自己決定権を大幅に侵食されることに警鐘を鳴らしている。ここは強調しておかなければならない場面であろう。彼は個性がそれに相応しい地位を得るには、善という要素を担保にして、社会の単一的基準、言ってみれば世間体のようなものに対抗しなければならないと考えているのである。すでに、個性とは存在のことだと書いた。また彼は、一定の条件の下では瞬間は永遠とつながっており、今という瞬間を切り取り続けることが個の確立という点では不可欠である、と考えている。だが、それだけでは善が必ずしも担保されないので、この後述べる、私と彼との共通点が、彼を孤独であるにもかかわらず、その認識において社会の単一的基準に対する絶対優位性を、彼に確認させ続けているのである。

彼は言う。

――ぼくは特別な人間だ。

だから特別な責務を負うのである。彼のこの言葉は、言外に、明らかに、人類が抱える普遍的な問題と今を生きる人々だけが抱える局地的、及び時代的問題とのその両方に共通する部分を包含している、と断ずることができる。

彼は自身を絶対と見做すことで、迷いの極小化を常に図っている。ここは、理性の情念に対する優位性を不動のものにするうえでも欠かせない試みだが、ともすると排他的でしかない個の確立に善的な普遍性を持たせるためにも、彼は自身の行為に公共性を持たせようとしているようだ。ここでは「利他」をキーワードにすることもできるであろう。個性を軽視し世間に埋没した場合、日常に溢れかえっている不都合はすべて意味を失う。彼はそれをひどく恐れているのだ。彼は、不都合のすべては肯定されるべきものであると考えている。だがそのためには、負はすべて意味を持つと見做さなければいけなくなる。負がすべて意味を持つならば、彼も私もその瞬間、後悔と逡巡から解放されることになる。ではそのために私たちは何をすればよいのであろうか?

彼は言う。

——ぼくには夢がある。

夢を持てばそれを叶えようとする。そして工夫をする。貯金もするし、また何らかのレッスンにも通う。言うまでもなくオリジナルのスケジュールを作成し、それを実践する。24時間、週7日が、3次元的に理性的にもまた感覚的にも秩序付けられる。だがそうなった場合、彼は孤独に耐えなければいけなくなる。なぜならば、彼は個性に忠実であるが故に、そこでは他人との共通項はむしろ狭まるからだ。ここは決別の生じやすい場面であり、それもまた青春の一ページとしては肯定されるべきものということは理解しながらも、一定の決断を必要とするところでもある。夢を追うということは、「社会の基準と私の基準は（部分的にせよ）異なる」ことの発見のことであり、それはとりもなおさず、一個人の精神的な意味での独立宣言である。

彼は、結果的にせよエッジに近づく。だが善を行うとはそういうことなのである。たとえ個々人の内側における認識革命であったとしても、そこでは旧は排されなければならない。したがって時に豹変が受容され、それを選択した主体は、あくまでも旧に留まろうとする勢力としばしば対立関係に陥る。おそらく彼はそれをいやというほど経験している。だから容易に他人を信じないとなるのである。それは裏切られた経験があるというよりは、むしろ個性を善に近づけようとすればするほど、決別と無縁ではいられなくなることをよく理解しているからでもあろう。

夢は意思を育む。そこに工夫の必要性が生じるのだから当然である。そして意思があることによって偶然と必然との差異に気付く。さらに言えば、身の回りに起こる奇妙な偶然が複数連なることによって、ある種の運命を悟る。「私はそういう星のもとに生まれてきたのである」と思ったりするのである。それは、善がそこに入り込まなければ容易に絶望へと変化するものだが、彼は幾度かの生命の危機を何とかして乗り越え、そこに人類的に意味を持つ幸福のための法則の発見のとば口まで辿り着いたようである。

正直な話、ここまで対象の範囲を広げることによって、ようやく彼を表現するだけの空間を得たという感じだ。時間と空間の無限。だが、善にこだわれば最終的には必ずそうなる。ここは宗教が出て来なければいけなくなる場面であるのだ。

叡智の限界

もしその限界を補うものがこの世にあるのだとすれば、その役割を担うのは神以外の何物でもあるまい。明日が今日の延長線上にあるものである限り、私たちは変化することはできても前進することはできないであろう。理想の実現は、今という瞬間を過去から切り離すことから始まる。だから夢が出てくるのであるが、青春時代においてアイデンティティーの持つ意味に僅かでも触れることができたのであれば、不都合により生じる日常的な波風に対する耐性を、そうでない場合よりも多く得られることとなる。青春は模倣に始まるが、それが終わる時にはそれとはまったく逆の可能性を主体は知ることになる。それが個性である。そして個性とは、意思を持つことによってのみ有効な価値を有することとなる。

もうちょっとわかりやすいレヴェルにまで話を戻そう。おそらくここは、私と彼の共通点でもあろう。私も彼もその幼少期より「好き」の発見、そして実践を常に損得に優先させてきた。多分家庭環境などが似ていたのであろう。また経済的にも当時は社会に余裕があったのかもしれない。そして「好き」は、それが深まれば深まるほど、個の価値を一定量他人に認めさせることにつながる。例えば鉄道などに詳しい少年は、クラスでも人気者になるかもしれない。ところが、例えば進学や就職などの現実的なハードルが、大袈裟ではなく、一瞬にして状況を変化させてしまう。「好き」は否定され、取引が肯定される。そして「自分が何を好きで何をやりたいかがわかっている人」ではなく、「三人称で表されるべき人々が自分に何を期待しているかがわかっている人」がより多く評価されるようになる。そしてその瞬間、青春は事務的なものに変化する。この悲劇は、感受性の強い時期にしか発見できないものを、かなりの割合で無意味化してしまう。しかも、そのことに気付いていない人の方が青春を生きる人としては理想的であると、社会的に解釈されてしまう傾向さえある。この、知らず知らずのうちに見過ごされている、しかし私のような人間からすれば、人生の根幹的な問題でもある現代特有の現象は、時に莫大な利さえ絡むこともあるために、気付かないかまたは気付かないふりをすることが、その時点の最先端を行く者の流儀である、と錯覚している人も多いように思えもする（またはそれだけの判断能力に欠けているのか？）。ここは、しかし、強調しておかなければいけない場面であろう。ある意味青春の、いや人生の本質に関わる問題でもあるのだから。

「好き」の対象とは、それが何であれ、それは個性の分身である。したがってそれが否定されれば、個性はその瞬間死ぬ。しかし不思議なことに、取引を優先させる者（そもそも彼には「好き」があるのか？）にこそ社会的関心は寄せられる。

ここで問われているのは「如何に生きるか」であるので、容易には譲歩できない箇所でもある。もし人生が事実の積み重ねによって出来上がっているのであれば、それは、信頼できる客観的な数値によってのみ最終判断が下されることになる。しかし、人生は認識によって構成されていると考えるのであれば、その主体が、その人生をどのように総括するかによって、それが直ちに彼の最終的判断となる。つまり「(彼が)それでいいと言えばそれでいい」のである。

「何を」ではなく「如何に」

ここで「好き」が選択肢の確保をその目的としていることが、おおよそ理解することができる。「好き」を模索する少年少女は、「好き」を知ることで自分の人生の選択肢を広げようとしているのだ。

選択肢とは何か?

可能性のことである。

ここで青春が復活する。私と彼は同じような青春時代を送ったのだ。なるほど、そこには不登校もあったかもしれない。選択肢を奪われることの、戸惑いと不安。

彼の言うとおりだ。すべての負は肯定されなければならない。

何のために?

存在のために。

では負とは何か?

それは日常に散在するすべての不都合のことである。

私も彼も、その環境故に、またその性質故に、また不登校経験後は、克服されなければならないその過去故に、平均とは異なる青春を歩むこととなった。16歳にしてすでに、「今」は常に「過去」と一体化しており、負の特別枠に組み込まれた時間は、社会的に有効な結果が一定期間内に示されない限りは、そのフリーズされた状態から解放されることはなかった。このフリーズには、一般的に見て出自またはその属性が異質であると判断されたすべての青春の特殊性も、同様に含まれることとなる。克服されなければならない過去は、時に個の感覚を先鋭化し、またその行動を協調性のないものへと変化させる。

彼もきっとそうであったに違いない。私たちは、しばしば精神面において攻撃的だったのだ。存在のための負は、個性がその終着点を見出せないうちは、容易に迷走する。さらに、経験不足故のハードランディングがそれに追い打ちをかける。なるほど、平均的な個性であったとしても、青春とは暗闇の迷路を駆け抜けるが如く、である。彼と私の場合は、そこに輪をかけてということだったのであろう。

彼はこう言ったことがある。

――「克服する」と「取り戻す」は似ている。そこでは「逸脱する」が共有されているのだ、と。

「逸脱する」とは何とも苦々しい表現だ。だが、本来個性がその本領を発揮できる場を探すのが青春時代なのだ、と仮定できるのであれば、この「逸脱する」は、むしろ肯定的に見做されなければならない表現のはずだ。しかし現実には、一度逸脱すると、容易にはかつてを取り戻すことはできない。そこには、まさかと思えるほどの時間が横たわっているのであり、彼も、今後その足枷から逃れるのに、かなりてこずることになるのであろう。

私は彼にこう返すべきだったのかもしれない。

人生はあまりにも短く、克服を達成した時には、もう薄暮であると。

暗闇が迫りくる中、ようやくほんとうの人生が始まる。だが克服すべき過去に苛まれた者にとって、それは何ら不思議なことではない。損得の境界線を流れる狭いグレーゾーンから負の方に転げ落ちないようにするためには、「異」を選択することは、そこに如何なる理由があろうとも許されないのだ。

ここには常識という名の高い壁がある。「異」の烙印を押された者は、その瞬間において、すでに異邦人となる。そしてそこから、果てしない単独紀行が記されていくこととなる。友人と呼ばれるためには、私たちは二人称で表されるべき対象とならなければならない。だが私も彼も、十代において早くも三人称の対象として周囲に対処しなければならなかった。すでに記した私と彼の潜在的攻撃性は、このような環境の中でにもかかわらずアイデンティティーを放棄しようとしなかったことの結果であり、そのことは一方で、青春時代の個性が持つ洞察力を高めることになったが、しかしもう一方では、共有スペースの著しい減少により孤立感から生まれる焦燥感にも似た反協調性を育むことにもなった。

社会的に承認されることによってしか達することのできない境地への憧憬と反発。そう、私たちは、二の丸にあっても幸福の欲求を達成させることができることを証明しなければならないのだ。だから、クリエイティヴであることにこだわらざるを得ないのである。「異」の排除に概ね成功した者たちだけが、本丸に移ることとなる。だが、そうだとしても、歴史が示しているように、文明の担い手はおおよそすべて二の丸より排出されることとなる。ここに少なくとも私は大いなる自負をもって臨んでいきたいと思う。彼らは、本丸の住人が1であるならば二の丸の住人を0・5と判断するかもしれない。だがそれはたいへんな誤りである。二の丸の住人は1・5と表されなければならないのだ。これは現代社会の誤謬の筆頭に来るべき現象であろう。そのように考えると、「異邦人」とは実に意味深な表現である。ここは部分的には「預言者」でもよいのかもしれないが、入京を許されない者こそ真実を語ることができる者。このパラドックスを解明できる若者は、間違いなく時代を経るにしたがって減少していくこととなる。無論、多様性の尊重がその一方でより多く担保されていかなければならないはずであるが、しかし彼の生き辛さは、変わりそうで変わらない世の中の、実は表面的なものでしかない激動を、象徴的に表しているようだ。おそらくこの蟠りが解消されるためには、どこかで歴史が反転する必要があるが、そのためのキーワードを、私と彼は見つけなければならなかった。

第二章　信仰　夏

すでに私と彼とをつなぐキーワードが登場している。

異邦人

預言者同様異邦人とは、宿命を背負う者の意である。果たしてそのように定義されるべき者は、少しだけ時代に先んじて生まれてきたのだろうか？

そのような者たちは、幼少の砌（みぎり）より、ある種の運命の悪戯によって、時間的にも空間的にも「自」を「他」と切り離すことを習慣づけられてきた印象があるのではなかろうか。ここに芸術的感覚の発露を見出すことは、比較的高い確率で可能なのかもしれないが、そうだとしても、このような宿命を背負う者たちが、常識や慣習によって構築された既得権益者の牙城に楔（くさび）を打ち込むことは、よほどの才能に加えて運に恵まれた者でしか為し得ない大業であろう。

私はそのことを経験により十分知っている。また彼もそれを予見しながらも、その若さ故に具体的とはいえないまでも、日常において確信的行為の実践を繰り返さない限りは不安に苛まれることになることに、暗に気付いてはいるようだ。

過去を振り返れば、次のように言うこともできよう。そこに溢れかえっている負の集積に何らかの法則を見出すことによってのみ、自らの居場所を（少なくとも暫定的には）確保することができる、と。

異邦人とはそういう存在である。

幸運にも時代に恵まれ、知の巨人が彼に権威という名の衣を与えれば、彼は生きながらにして伝説となるが、そのような例を私は知らない。物事の裏側に潜む、実は三次元的な真実は、期限付き情報のような表面的にそれを解釈することによってしか価値を持ち得ないものに、なぜか完全に凌駕されてしまっている。そしてそれは、私が幼い頃からまったく変わることがなく、そのことは彼にも十分伝わっているようだ。

では果たして、そのような運命に導かれたが故に戸惑うしかない者たちの希望は、どこにあるのか？

まずは実践である。行為の実践。ここには「善の」という形容詞が来なければならない。善の行為を繰り返すことによってのみ生まれ得る新しいコミュニケーション。ここは、少しだけ楽観的になれるところだ。この後記されるキーワードが、果たして万人に共有可能なものであるのかどうか、日本人である私も彼も、普遍的な次元で解釈できるにもかかわらず、局地的には不安を覚えるところだが、しかし時代にNoを突き付けられたとしても、回帰または循環の実現によって、そこにはまだ救いがあると考えることは可能であろう。希望は、きっとこの言葉の中にある。

未来

善を信じる者たちは、皆つながっている。だが過度に商業的なメッセージが、たとえそれが的を射ていたとしても、結局は表面的にしか解釈されないため、市場が拡大すればするほど真実が見えにくくなるという、何とも深刻で皮肉な現象（悪循環）を生み出してしまっている。私も彼も、そのような大きなうねりに対してささやかな抵抗を日々試みているわけであるが、私たち善を信じる者に言葉しか与えられてないのだとしても、たった一つのことを諦めないことによって、きっと「つながり」は維持されていくのであろう。

たった一つのこと。そう、それは夢である。

夢は概ね「好き」から始まる。この「好き」という言葉は、言うまでもなく極めて原始的な響きを帯びている。そしてこの部分だけは、ホモサピエンスという範疇を大きく超えて、人類そのものの根本的な存在理由にもつながり得るものである、と推測することができる。なぜならば、夢は「好き」からしか派生しないものであり、また夢によって私たちは強くなることができるからだ。

きっと私たちは強くならなければならない。そこにあるべき観念は、損得によるものではなく、真実によるものであるべきだ。なるほどここは愛を彷彿とさせる場面であろう。愛とは契約であり、またそれは、厳しい人生を切り抜けていくためには不可欠な精神の最高到達点。

至上の美徳。この第二章では、克服されなければならない過去故に、幾千の孤独を潜り抜けてきた者たちだけが知り得る、棘の裏側にしか存在しない悟りの境地が記されることとなる。

喪失により目覚めた者は、好むと好まざるとにかかわらず、必ずや渡らなければならない橋に遭遇する。その時、その者たちは、自分が神により選ばれた者であることを自覚するわけであるが、しかし彼らが見る深淵の、何と暗く絶望的なことか。

そこに恍惚などはなく、ただ「もう逃げられない」という思いと、「腹をくれ」という、もう一人の自分の呟きが、当分の間意識上において繰り返されるだけである。

神はなぜ私を選んだのか？

その答えはこうである。


それは貴兄が弱いからだ。


残酷な神は、強く、世間の荒波を容易に突破していくような器用なタフガイには、決して試練を課さない。弱く、契約を必要とする迷える子羊たちにこそ、試練を課す。しかも、そこにあるはずの救済については沈黙を保ったまま。

では、そのような残酷な神を信じるには、私たちには何が必要なのか？

それが喪失である。

すべては喪失から始まる。だが、自ら喪失を望む者などいない。だから神は、そのような者だけを選抜し、そのような者だけに試練を課すのだ。

お前は弱い。だからお前には契約が必要だ。だからお前は、喪失を経験することによって目覚めなければならない。

いったい、何に目覚めるのか？

ついにこの言葉が登場する。

そう、この書は、この言葉を、私と彼との間において確認するためにこそ書かれているのだ。文明が如何に進歩しようとも、また拡大の論理が人類（ホモサピエンスだけではない！）の本質を如何に覆い隠そうとも、善は信仰によってしか担保されない。そして、善とは普遍である。この書に登場するたった二人の人物は、にもかかわらず、二つの絶対を示唆している。一つは自分であり、もう一つは神である。

この絶対的なつながりが、善という担保を、神の沈黙にもかかわらず私たちに確信させる時、いやその時のみ、私たちは永遠を知る。

そしてそれらはすべて、今この瞬間における個々人の判断そのものによって左右されていくのだ。ここに、time free の概念を差し挟むことはできない。

私は今、利便性の向上による限界点は思いのほか低く、少なくとも幸福を人生の基準に据えるのであれば、回帰の必要性を私たちはどこかで感知しなければならないと、述べているわけであるが、自由や平和の概念を安易に理解しようとすれば、間違いなく嵌まるであろう陥穽に、私はある耳障りの悪い言葉によって対抗しなければならないであろう。

それは「排他的」であるということ

もし平和の必須条件の一つに「共存」を掲げるならば、彼は陥穽に見事に嵌まっていると言わざるを得ないであろう。私はむしろここでは「住み分け」を主張したい。「私と彼は違う。しかし自由で平和な環境の下で、互いの個性を最大限発揮したい」と考えているならば、住み分けを前提としたルール作りを優先させるべきだ。ここには精神的な意味での壁がある。ここは誤解が生じやすい箇所であるので、表現に気を付けなければならないが、自由というものは、個の可能性を追求する権利を担保するためにこそある、と定義付けられるのであれば、私たちは、それぞれの目標設定に応じた「自」と「他」を区別する隙間の確保に、まず気を配らなければならない。なぜならば、そうすることによって、脈絡が担保され、然るべき秩序が、結果的にせよ維持されるからだ。そこでは、個々人が、その能力に応じて有することができる裁量権を、可能な限り最大限に手に入れることができるため、住み分けのための壁が負ではなく、正の存在として認識されることになる。だがそれが壁であることには変わりがないので、平和の必須条件に共存を掲げるような人々からは、当然の如く、排他的の烙印を押されるというわけである。

だがここは、こだわらなければなるまい。もし、万人に幸福を追求する権利が保障されなければならないのであれば、私たちは選択肢を確保するためにこそ、奔走しなければならないのである。そしてそれは「群れる」ことではなく、むしろ「離れる」ことによって達成される。

なるほど、ここは「個の確立」という表現を用いてもよさそうなところだが、しかし、信仰という言葉をすでに用いている以上、もう少し個性的であってもよいところであろう。

それはおそらく「認識革命」

そしてもう一つの言葉が想起される。

豹変

昨日までの自分の選択の誤りを潔く認め、一瞬にしてそれまでとは真逆の方へと走っていく。

私は負けた。

彼は裏切り者になる。だが価値ある言葉を残すのは、負という宿命を背負った者だけだ。殉教とは意味深な言葉だ。もう一方の側から見れば罪人でしかない信徒が、しかし世の承認を経て聖人となる。だが布教時において、彼は間違いなくこうであったのだ。

異邦人

なるほど、この書のタイトルは『ぼくの地球』であるが、これを異邦人と変えても、おそらく何ら問題はあるまい。預言者は入京を許されてはいけない。少なくとも短期的には。正しい者こそ、さすらう者。彼にはアブラハムと同様、乾燥した大地こそが相応しい。彼はしばしば水を請い、しかし断られる。ダヴィデのように神に祈りを捧げても、返ってくるのは沈黙だけだ。

なぜ克服すべき過去を持たない者が、正義のために命を捧げようとするのか？

それを行おうとするのは皆、思い出したくない過去に苛まれた経験のある者たちだけだ。克服すべき過去、それは喪失に似ている。彼は青春を喪失している。

若い頃の自分が作った負債。だがそれが十代であっても、負債は利子を含め完済されなければならない。ここに厳しい現実が重なる。だから契約が必要になるのだ。信仰は神との契約であり、それは約束の最終形。だがおそらくそのことによってのみ、負債の完済は可能となる。

私も彼もそのことをよく知っている。だから契約をより確かなものとするために実践を重視しているのだ。神はすべてを救う。だが負債の完済は、個々人の目覚めとそれに伴う実践にかかっている。ここに登場すべきワードは、救済ではなく幸福。そして、信仰によってこれが担保される。

万人の幸福

救済は神によって果たされるが、幸福は信仰によって果たされる。なぜならば、信仰を知る者は、負けることの意味をよく知っているからだ。そこでは住み分けが実現し、そこにある対象は「皆のもの」ではなく「ぼくのもの」となる。したがって権利が発生し、「許可なく立ち入ることを禁ズ」となる。ここに「排他的」のキーワードが来ることとなる。

「これはぼくのものだ」

だから彼は責任をもってそれを管理しなければならない。何事につけ、決して人任せにはできない。彼がそれを管理するのだ。なぜならば、彼がそれを所有しているからだ。

所有の肯定であり、共有の否定。彼には所有権が認められ、その結果、彼には一定の義務が課される。彼は、彼が所有するものの権利者であり、それに相応しい利益を得る。

彼が「ぼくのもの」と主張するものは、彼の友人ではなく恋人である。したがって然るべき手順を経て、それは彼の家族となる。だから当然の如く、「許可なく立ち入ることを禁ズ」となるわけである。彼は家族を守らなければならない。したがって、時に戦う。住み分けであるので、基本、無断越境は許されないのである。

彼は、彼のテリトリー（居場所）においては排他的に振る舞うことができる。そして、そこであれば、彼は自身の個性と真正面に向き合うことができる。カスタマイズも可能である。そしてカスタマイズ（工夫）は、幸福のための第一条件である。

また彼のテリトリーに立ち入ろうとする者は、彼の許可を得なければならない。

もし彼が不在であるならば、その者は彼に敬意を払わなければならない。敬意を示すことによってのみ、その行為は「許されたもの」と見做されることとなる。当然そこでは、匿名は厳禁である。

なぜ男は武器を手にするのか？

それは彼のものである家族を守るために、である。


なぜ女だけが子を産むのか？

それは武器を持たない女が「この子（たち）は私のものです」と言えるようにするために、である。


ここには愛が来なければならない。信仰と愛は実に密接な関係にある。なぜならば、愛を担保できるのは神だけだからだ。

愛とは何か？

それは所有である。

所有によって権利と義務が生じる。

義務は労働である。


では権利は？

排他的に振る舞えるということ。
排他的とは？
住み分けをおこなうということ。
住み分けとは？
越境の際には相手に敬意を払うということ。
ということとは？
所有によってのみ確立されるものがあるということ。
それは何？

秩序

秩序はあるものを担保している。

それは循環。

秩序が維持されることによって、循環が実現し、万人に可能な限り平等にチャンスが与えられることとなる。そして、秩序を実効性のあるものとするためには、住み分け、つまり「皆のもの」ではなく「ぼくのもの」が共通認識とならなければならない。

そう、認識革命である。そしてその認識革命を担保するものが信仰なのである。なぜならば、認識革命は意思とは無関係に生ずるものであり、そこでは「偶然」とか「翻弄される」とかが実に大きな意味を持ってくるからだ。人は脈絡なく生きることはできない。それは都市を見ればわかる。しかし神はしばしば理解不可能な結論を私たちに強いる。


神様、なぜ私なの?

今この瞬間もそのように戦慄いている人がいる。


そこにあるのは明らかに何かの犠牲。

また、ここに喪失が来る。

神は私たちにしばしば犠牲を強いるのだ。

なぜ？

だがそれを知るためには、私たちは信仰に目覚めなければならない。

足し算ではなく引き算。

昇っていく時に見えるものではなく、下っていく時に赦せるものに人生の価値を見出す。

神とは何か？

それはすべての不都合の代名詞。

私たちの身の上に降りかかるすべての不都合は「神」の一言で代用が効く。

神は私たちを造っておきながら、私たちが当然と思う領域に僅かでも踏み込もうとすると、真実を覆い隠してしまう。そう、だから預言者は入京を許されないのである。預言者は乾燥した大地を往かなければならない。彼は神の言葉を知るが故に決して絶対者にはなれないのである。

しかし光と喧騒が、国境で足止めを食らう預言者の存在そのものを消し去ってしまう。彼は黙殺され、やがて息絶える。まるで痩せ衰えた詩人のように彼は象徴的に死を迎える。業火が街を襲う時、誰かが彼を思い出すであろう。そして彼の後継者を語る偽りの信徒が、実は現世的な利益のために奔走する。

果たして誰がその嘘を見破れるというのか？


それは手の汚れた者である。


そして彼は手を汚す。

ゴミを片付ける。トイレを掃除する。躊躇せずそれを拾う。他人任せにしない。如何なる時も感情的にならない。中途半端な結果もよしとする。小さな豹変を繰り返す。ここぞという時に一つ少ない方を選択する……

彼は負の連続の中にこそ潜む奇妙な偶然の意味を探ろうとしている。そしてそこにある、彼にしか理解できない法則と現実との間に一本の橋を架けようとしている。

これは彼の口癖。

――手を汚せ

信仰により彼は客体として存在している。そして、主体である神または天使の祝福を受けるために、彼は喜びとは一線を画する、言ってみれば誓約によって成立する最終地点を明らかに目指している。

それは何か？

言うまでもない、結婚である。

なぜ彼はまるで求道者のようにまたは登山家のように、たった一つしかない地点を目指すのか？

それはそこに彼しか知り得ない、そして彼にしか証明できない真実があるからだ。彼は手や指を動かすことに、一定のこだわりを持っている。手や指を動かすことでカスタマイズが進行する。カスタマイズは多様性を担保するので、カスタマイズを加えれば加えるほど彼は自由な発想を得る。なるほど、ここを突き詰めた場合、そこに待っているのは究極のロマンティシズムであろう。そのため、どこかで現実と折り合いをつけなければならず、そこには彼もあまりうまく対応し切れていないようだ。

だが信仰という言葉からも容易に推察できるように、彼は普遍を知ることで、今この瞬間を永遠につなげることは可能だと考えているようだ。そしてそのための実践である。

畏れずに言えば、であるが、彼は平等をキーワードとする「平和、共存」ではなく、自由をキーワードとする「愛、住み分け」に軸足を置いている。だからこそ、排他的になるのであるが、個性とは存在のことであるという前提に立てば、ここはやはりどうしても譲れない一線でもある。

またこのように考えることによって、共通という概念で示されるべき範囲をかなり柔軟に設定することができる。僭越ながら、ここは重要な場面であろう。もし多様性が尊重されなければならないのであれば、日常のスピードも、個別の才能やまたは環境に応じて数種類のパターンに設定されなければならない。そこでは「遅れる」や「(相手が)納得できるまで待つ」などが当然の如く考慮されるため、社会は二極化ではなく、むしろ中間層の流動化に傾くはずである。つまり、伸びていく人だけが得をする拡大型ではなく、流動性の確保による循環型が実現することとなる。本来ここにこそ平等が来なければならないはずであるが、住み分けが否定された場合、結果の平等が重視されるため、権利の平等重視であれば実現するはずの「個性=存在」がほぼ意味を失ってしまう。住み分けは愛の成就のための絶対条件であるため、究極のロマンティシズムの体現による理想の実現を視野に入れる彼にとっては、やはり孤立の恐怖を日々感じながらも、「戦う」を選択せざるを得ないのである。

信仰は愛と同義語であり、故に神前で二人は結ばれることとなる。そしておそらく、ここにそれ以外の選択肢はない。信仰を知る者が客体として存在しているからこそ成り立つ仮説であるが、天使による祝福がもたらす歓びがどうして彼らを理想へと導かないであろうか?

現世的であろうとすればするほど、私たちは慣習という言葉で表されるべき主体としての喜びに染まっていってしまう。そして、そこに多くの偽りが混じっていることを認めながらも、比較による損得の受益者になることも可能であるために、特に若い時分はそこから容易に離脱できないのだ。

このように考えれば、私たちに最も相応しいのはシェアリングではなくデリヴァリング、つまり皆で分け合うのではなく、個性の発揮による相克に打ち勝った者たちによって行われる価値の分配。言うまでもなく、そこでは信仰が絶対条件となるが、しかしそれによって私たちはチャリティーの精神を学ぶこととなる。個性が存在であるならばその個性が自律可能な領域が確保されなければならない。そして、そこでは権利が尊重されなければならないのだ。権利とは排他的である。同時に、権利とはしばしば神聖なものである。彼らの子以外は閨房への立ち入りは決して許されないのである。

新しい日本人、大袈裟に言えば、そういうことだ。だから、私は彼から目を離すことができなかったのだ。彼は実に多くの示唆に富んでいる。彼は永遠であり、価値の限界の模索であり、また青春への回帰である。

私もそうだが、彼もまた無常を支持しない。無常は信仰の障害でしかなく、神の普遍性を著しく棄損せしめる。瞬間は永遠と離反し、私たちは存在の機軸を失う。そして、それを回避するために決して避けては通れないのが愛の問題（matter）である。

なぜ家族は婚姻によって形成されなければならないのか？

それは、神前を経ないものは普遍的な価値を持ち得ないからである。おそらくここに来るべきものは、家族と故郷の二つであろう。鎮守の森によって故郷は守られ、契約によって家族は一体化する。そこでは霊的な存在によって統合が図られ、異邦人であっても拝礼と契約を確定させることによって、昨日まではまったく異なる地位を得ることとなる。

そして、その障害となっているのが無常である。彼は信仰を得ることによって過去を克服し、今という瞬間を永遠と結びつけることで、愛の定義付けに成功した。だが過去の克服の過程においての暗中模索は、青春時代の周囲との幾つもの衝突もまた生み出してしまっていた。彼の、おそらくは本意ではなかった攻撃性が、一つの善的な体系にその落としどころを見つけるまでにかかった時間とストレスは、しかし、ようやくここに来て出口を捉えつつある。そして、そこに私も現状打破のヒントを得たいと考えているのだ。

きっとこれは最後のチャンス。

なぜならば彼は回帰を感じているからだ。

若さの回復、だがどうしても埋まらなかったジグソーパズルのピースが見つかった時、インスピレーションが訪れる。彼は嘘から解放され、奇跡の在りかを模索する権利を得る。そして、ついに反抗的であったこと、協調性に反していたこと、また本能的ともいえる、慣習や論理性にしばしば反する一見不条理な行動が、実は芸術的なまでに一本の線でつながる可能性があることを知るのである。

この驚愕は、しかし日常に散見される、個の基準であるべきものを社会との取引材料に使った大人たちが嵌まる陥穽の矛盾を見事についているのである。自己愛に代表されるような利己的な言動及び感性の鈍化は、その個が学業優秀で容易に承認される立場にある時には尚更のこと、自己判断能力の欠如による反動的行為にそれはつながりやすいのである。このようなサイコパスとも呼ばれることもある輩に、私も彼も十分に注意しなければならない。

そして今、回帰は偶然と必然とを実に巧妙に引き連れて彼に人生最大の決断を迫りつつある。彼は彼の同級生のほとんどが属していた共存派との決別を選択するために、相応しい領域を「個性＝存在」に与えなければならない。

ここではそのための基準が、時間ではなく空間によって許されることとなる。いったいここに辿り着くためにどれほどの時間が流れたのだろうか。自由とは空間によってこそ必然の価値を獲得する。無常が否定された以上、自由主義者の終着点は空間の中にしかないはずだ。それは芸術家にとってのアトリエやスタジオのように、「許可なく立ち入ることを禁ズ」のいわゆる聖域。もはや時間は彼にとっては単なる物差しに過ぎず、年齢により生じる障害のすべては急速に意味を持たなくなりつつある。

愛とは？

永遠

神を信じるか否か？

イエス

おそらくそう言えるのであれば、その瞬間、私たちは信徒としての資格を得る。原始と文明の融合により生じるものは、未来ではなく回帰。だから、若さの喪失が始まってこそ、私たちは時間の制約から解放されるのだ。

慣習によって分割されていた時間が、ある瞬間から一体化し始める。そして今、彼は、ぽっかりと穴が空いていたかのような空白の時間を取り戻そうとしている。

彼は今日も海を見に行っているようだ。彼にとって海とは何か？

それは回帰の終着点にある、つまり青春の原風景。彼は不登校の折、しばしば海を見に行っていたのだ。ここは奇遇にも、私の場合と重なる。回帰現象が起きることによって、青春のメロディが復活し、まるで永い眠りから覚めるように、懐かしい風景に私たちはいざなわれる。回帰現象が起きる以前は、むしろ思い出したくない過去を連想させるものでしかなかったものが、第二の人生に突入すると同時に、かつてとまったく同様の空想を引き連れて返ってくる。ここにあるのは記憶というよりはむしろ感覚的な、つまり波長の符合。チューニングが見事に嵌まった時にだけ起こる美しいハーモニーの連鎖。そう、彼も私も実は14歳から始まる自分探しに成功していたのだ。だがそのことがわかるまでに、信じられないほどの時間がかかったということなのである。

海とは命の故郷なのであろうか、ならば尚更のこと、彼が回帰という言葉の向こうに見ているものは生命そのものなのかもしれない。海とは平和か？　しかし同時に繁栄でもあろう。海を見ることで、私たちはきっと安らぎを得る。そして海を渡ることで、交易による利を得る。

航海であり、後悔であり、また時に公開（さらけ出す）でもある。そして最後は、逡巡が回避され何も変わっていないにもかかわらず、負が正となって然るべき場所に収まる。そこに働いているのは、自分の意思というよりはむしろ神の意思であろう。だから沈黙のすべてが納得のいくものとして、ついには認識されることとなる。沈黙とはつまり真実。それは凪の風景に似ている。合理的とはそれがうまく動いているということではなく、動いているものと動いていないものとが絶妙のバランスで行ったり来たりを繰り返しているということである。だが日常の動きによって現世的利益を上げている人々は、そこにこそ真実があると思い込み、それとは対照的な風景にある価値に、おそらく最後まで気付くことはない。光を知ってしまったが故に誘発された、偽の希望。もし闇の温存による対比が維持されていたならば、時を無駄にすることもなかったであろうに。

おそらくは真実は、一番上にあるのではなく真ん中にある。そのように考えることによって、私たちは時間をしばしば引き算的に、つまり弾力性を持って扱うことができるようになる。真実を求める者は、直線的にではなく渦を巻くように前進しなければならない。なぜならば、そうすることで、一周する度に始点のそばを通過することになるために、その動機の確認を定期的に行うことができるからだ。直線的に、つまり一方的に始点から離れていけば、おそらくは私たちは、光に恵まれれば恵まれるほど「個々の真実」から離れていくこととなる。

そして、そうなることによって、その個は成功の代償として、回帰の機会を喪失することになるのかもしれない。そのことは、老いがいつか残酷な現実を照らし出した時に、もしかしたら致命的な心的外傷をその個に負わせることになるのかもしれない。コインの表に幸福があるのであれば、その裏には間違いなく喪失がある。だが喪失は、私たちが畏れるべき対象の筆頭にある。だからこそ私たちは、畏れながら進まなければならないのだ。

愛によって家族が形成されるのであるならば、私たちは、信仰による契約の問題から解放されることはない。愛が冬であるからこそ、私たちは契約を結び、それを確固たるものとするために、神前での誓約を交わす。もしそこに神がいなければ、私たちは主体として存在することになるがために、客体として存在すると仮定すれば、主体として存在する神を認識することができるはずなのに、それができず、そこに生じる様々な問題（matter）

を、自分たちだけで、ある意味勝手に判断してしまうことになる。ここは非常に危惧される場面である。信仰が絶対条件であるからこそ、愛は100％神の所有に帰することとなる。したがって、私たちは、それを借り受けることでしか愛の恩恵に浴することができない。この定義は、そこでは常に「喜び」ではなく「祝福」が優先されていることを意味している。だから、愛は春ではないのである。だが、愛＝喜びと錯覚した人々は、自らを客体として認識することができずに、祝福という理よりも、喜びという利を優先させてしまう。そして悲劇が生まれる。

ここは表現に注意しなければいけない箇所であるが、しかし幸福と切っても切れない関係にある喪失が、愛の真実を解き明かしてくれる。愛とは足し算ではなく引き算。ここにはいくらか芸術が加わるべき要素も垣間見えるようだ。

循環故に曲線的に渦を巻くように進むためには、一定の喪失を経験している必要がある。つまり定期的に繰り返される、「予定通りにいかない」の原因を辿ることでしか見えてこない、自分だけに当て嵌まる法則と、自然法のようなものとの間の共通する部分を見極める必要があるのだ。

なるほど、ここは難しい箇所だが、しかし同時に実に原則的な部分でもある。愛が永遠であるならば、所有による排他性は、信仰によってかなりの部分担保されるはずだ。ここは、最終的には救済が入り込まなければならない場面、優れた個性が経済的に成功し、にもかかわらずチャリティーの精神に目覚めた場合、そこにはかつてない希望の光が差し込むはずである。だが現実には、セレブリティは法人に対する責任を負っているがために、株価を意識しない言動は厳禁である。ということはチャリティーの精神に目覚めそれを実行できるのは、法人に対する多大な責任を負わない一介のごく普通の人物ということになる。そしてそのような人物が意を決するからこそ、後に続く者もまた現れるのである。

私たちは、愛の終着点でもある結婚の中に一定の普遍性を見出さなければならない。だがそのためには、愛に関しては、私たちは客体として存在するという共通認識を持たなければならないのだ。愛を語るとは、つまり神を語るということになるのである。

信仰によってのみ愛は結実する。そしてこれは定義として正しいと見做さなれなければならない。なぜならばその後に愛の目的が認識されるからだ。

それは救済

すでに何度も記されている喪失を仲介として、愛と信仰は最終的には救済へと至る。そして、万人の幸福が実現するのである。

私も彼も同じものを思考し、また志向しているにもかかわらず、同様に、すぐそばにある喜びに目を奪われすぎていた。だが、年齢を重ねることによる感性の鈍化に対抗するためには、青春への回帰しかありえず、故に瞬間的な喜びに一定の希望を見出そうとするのは、やむを得ないことなのかもしれない。しかし、喪失による信仰への目覚めは、やがて極めて短期間に私たちに方向転換を迫った。

回帰現象による認識革命

承認を求めるのではなく、完結を求める。そして、3ランク上の自我の形成による排他的な個性の完成形が、しかし信仰を担保にまるで台風のように周囲を巻き込みながら、一つの善的な体系を構築していく。なるほどそれは、暗闇の中の舞踏のようだ。彼は究極の芸術家であり詩人。孤独を恐れるにもかかわらず、真実の追求を神により課された運命の子。彼の勝利のすべては薄氷の勝利であり、たとえそこに選択肢が複数あったとしても、彼はそのうちのたった一つしか選択することができない。彼はそのように生きることを運命づけられているのだ。

運命とは、つまり、そこにエスケイプゾーンがないということ。だが、彼がそれを受け入れることができれば、彼はてっぺんを得られない代わりに真ん中を得ることができる。

ここには賭けの要素が多分に含まれる。おそらく、普遍且つ善的なものはすべてそうなのであろう。その瞬間においては、それがどちらへ転ぶかを見極めることは極めて難しいのだが、一定の滞留時間を経て、善であることが確認される。当然、善であることが確認されるまでは、しばし不安の中を漂うことになるために、結論を曖昧にしたまま次へと進もうとする人がほとんどなのだが、救済という言葉を認識した途端、それが劇的に変化する。なぜならば、救済とは、信仰による目覚めが絶対の前提条件であり、そこでは喪失の経験が不可欠であるからだ。言ってみれば、救済とは、物事の裏側に（必ずや）潜む洞察によってしか知り得ない真実の欠片に思いを馳せるということである。

確かに、実践を重んじるべきであるにもかかわらず、弱者の条件の筆頭に来るべき要素である猜疑から抜け出せていない人々が散見される状況では、実は私たちにできることには限りがある。そういう点では、現実との妥協点をどこかに見出すことこそが必要であり、故に私も彼も、「わかってもらえない」を基本に、しかし「もう一度だけ」を日々繰り返していくしかない。だがそのように考えても、目覚めを外すことはできないが。

そろそろ私は信仰から救済へと論点を移していかなければならない。実践の必要性を語っているのだから当然である。ここは、私とそして彼の最終的なこだわりでもある、万人の幸福につながる箇所であり、そういう意味では、この書の根幹を成す部分にもなるであろう。

おそらくは幸福を基準に考えた場合、私たちはすべてを自ら決することができる。ただそのためには、自らの意思によってコントロールできる部分とそうではない部分との整合性を図る必要があるのである。彼は明らかに、信仰によって両者を結びつけることは可能だと考えている。彼風の表現を用いればこうなる、

――信仰によって両者はシンクロする。

シンクロ……だがこの言葉の持つ意味は大きい。言ってみれば水と油が混じり合うということである。自と他は同じではない、しかし一定の条件下において両者は時に見事なハーモニーを演出する。そこに生じる美しいハーモニーは、しばしば愛を育み、また芸術の萌芽を目覚めさせる。さらに、逡巡に見舞われた時のヒントをもそれは与えてくれる。

それは芸術であろう、また哲学でもあろう、そして両者のシンクロの結果である信仰であろう。万人の幸福、だからこそこの書は書かれたのであり、私も彼もある種の啓発的な存在として、インスピレーションを知る者にだけわかる暗号を発信し続けなければならないのである。果たして神は、現世的な幸福に包まれた人々に真実の在りかを知らせるシグナルを送るであろうか？

悲劇こそが、価値ある言葉を私たちに告げる。それは、そこに死がある限り、また老いがある限り、変わることはあるまい。神の沈黙は、私たちの日々の畏怖のすべての正当性を証明しているのである。

第三章　救済　秋

ここで私は、この書の展開部を記さなければならない。この書において一貫する理念は、ついに私と彼という、登場人物が二人であり、一人称と二人称のみでも表現可能な範囲（you and I）を超えて、三人称（he or she、時に they）を含む、つまり、立体的な理念の体系へと踏み込んでいくことになる。

内省的な思索の繰り返しによって形成された自我が沸点を超えた時、それはもはやそれ以上上昇することは叶わず、一旦横へ動くことになる。そう、スライドが起こるのである。そしてその時に重要になるのが、三人称で表されるべき人々とのコミュニケーションである。上昇が止まるため、このスライドが経済の世界で起こると不景気になるが、信仰の世界では、それは次の段階へのステップとなりうる。私たちは読書をやめ旅に出る。そして、シンクロによって確認された個別の法則がそのバックボーンとなる。ここは若い人であっても多かれ少なかれ回帰の混じる場面であろう。この書では原則的な部分を強調せざるを得ないためにやや盛り上がりに欠ける構成となりそうだ。

事実、彼も私もこのコミュニケーションという点において、何か特別なことを習慣にしているわけではない。なるほど、日常のコミュニケーションの筆頭に来るべき要素はあいさつであるが、ここに平均以上の積極性が加わったとしてもそれが特筆に値することだとは思われない。故に、展開部であるにもかかわらず認識上の立ち位置をより具体的に確認する作業をより細分化していくという、つまりこれまでとそれほど変わらないじりじりとした展開になることが予想されるのであるが、そうであったとしても、最も望ましい終着点に向けての横の動き、スライドを、これまで記した彼と私との共通認識を基本に、上昇ではなく深化による普遍的価値の三次元化を、ここでは試みたいと思う。

もし契約の概念がそこになければ、おそらく私たちは、コミュニケーションの基準を、一人称と二人称のみで認識しようとするであろう。なぜならば、契約がなければ、私たちは主体として存在することが認識上可能になるために、神つまり彼（he）のコミュニケーション上の介在余地がなくなってしまうからである。私は私を中心として、いわゆる当事者間でのみ、そこにある諸問題の解決に取り組めばよいということになる。そこには一人称と二人称、つまりyou and Iしか登場しないので、共同体は閉鎖的なものとなる。だが自分を客体として認識すれば、この前提は大きく崩れることとなる。主体は神なので、神から見ればすべてはyouだが、客体間ではすべては三人称的に認識されることとなる。つまり共同体は開放的なものとなるはずである。この契約の認識の有無による主体客体の論理は、共同体の望ましい未来を考えた時に、僭越ながら実に有効であろう。もし拡大ではなく循環を選択するのであれば、そこでは量ではなく質が問われることとなるはずである。質を左右する能力や個性は千差万別であるために、言うまでもなく、情報の新陳代謝が頻繁に行われなければいけなくなる。もしその共同体が閉鎖的であるならば、人はもちろんのこと、金、モノ、情報もその流通は限定的なものとなり、つまり市場が活性化しないということになる。市場が活性化しなければ経済が滞るために、生活の質は長期的に衰退していくこととなる。ここは個の幸福ではなく、むしろ公の利益に関する部分であるが、拡大を志向すればよりチャンスの多い共同体に人が集中するために、地域間格差つまり過疎の問題が浮上してくることとなる。したがって、万人の幸福を主題とする以上、拡大を選択することはできないのであるが、そのように考えれば考えるほど、三人称的にコミュニケーションを認識する必要が出てくるのである。

すべてはI、you、he、she、theyの5つの区分によって認識されるべきである。そして、そうすることによって、初めて彼らに居場所が与えられることとなる。

そう、異邦人である。

異邦人にもその市場への参入と退出の自由が、権利として同等に与えられなければならない。解放とはそういうことである。ここは自由と平等という二つの理念がシンクロする場面であり、理想的であろうとするならば、容易には譲歩できない箇所だ。さらに言えば、ここにはおそらく繁栄という要素も垣間見えることとなるはずである。少しずつであるが、第二章までに述べた部分との相違、つまり展開部の序の内容が詳らかになりつつある。今、私も彼もスライドを経て、認識から実践への扉を本格的に開けつつある。なるほど、私たちはそこに如何なる対象を捉えたのだとしても一旦沸点を経験しなければ、その次の、いわゆる展開部へは進むことはできないということなのであろう。沸点を経験するとはチャレンジするということであり、それは同時に「それまでとは違うことをする、または移行する」の肯定であり、さらに言えば、豹変を認める、である。

新しい扉、未知の領域への挑戦

だがそれらはいずれも、開放的なコミュニケーションの連鎖によって実現されうるものである。私たちは契約を知ることで客体として存在していることを認識し、you のみならず he、she、they との連帯も模索することができる。

契約、連帯、そして創造。コミュニケーションからクリエーションへ。

それらは万人の幸福の礎ともなりうる人類共通の知的財産であり、だからこそ、ルールを含む共有可能な理念の確立が待たれるのである。

救済という言葉を意識する以上、当然、目覚め、信仰に続く言葉は実践である。だから三人称が意識されるわけであるが、彼のもう一つの特徴がそこでは重要な役割を果たしているようだ。それは病である。

彼が通院していた期間がどれほどのものであったのかは、私もよくは知らない。だがすでに記した克服すべき過去と彼の病が、彼を容易に回帰させなかったのは事実であろう。彼は病を克服し、今過去を克服しようとしている。おそらくは病の克服によって回帰現象が始まり、それによって（結果的にせよ）生じた認識革命が、決して戻ることはないであろうと思われていた瞬間へと、彼をいざなおうとしている。それによる果実は、彼を間違いなくかつてない幸福へと導くのであろうが、しかしそれは、自身が人生の後半戦へと突入しつつあるという認識を持ったことに、端を発しているのかもしれない。彼は結婚しなければならない。そう、もう若くないのだ。もしかしたら、彼には人生のゴールのようなものがすでに見え始めているのかもしれない。三人称を意識することによる現実の立体化は、彼に二つのことを強制し始めている。一つは「急ぐこと」であり、もう一つは「従うこと」である。相違を認め合うことにより成立する契約の概念は、「住み分け」の肯定により、無断及び非礼な越境の禁止という所有の観念を生み出し、そこにかねてより脳裏にあった信仰が加わることで、彼はまったく新しい人格形成に成功しつつある。しかしここで一つの重要な疑問が浮かぶこととなる。

果たして認識革命による新しい人格形成は、彼の日常を根本的に変えることに直接つながり得るのであろうか？　さらに言えば健康面をも含めて。

私はここを注視している。

精神の打ち出の小槌

なるほど、ここで論理の飛躍を見ないように十分用心しなければならないが、しかし、過去を含む深刻な逆境下からの脱却を試みるためには、もしかしたら夢物語にも似たフェイクの一時的借用は避けられないのかもしれない。だがそれは、現世的な利益を求めるという直線的な思考の結果ではなく、主体ではなく客体を優先させた曲線的な思考の結果でなければならないのであろう。ここは、厳密には個と公が交差する場面でもあるが、個の幸福の追求が哲学的に体系化されることにより普遍性を帯びた時、もしかしたらそこには、万人の幸福につながり得る広義の精神の打ち出の小槌の出番が巡ってくるのかもしれない。少なくともそう考えることによって、彼の試みの多くは必然的に肯定されるのであり、またその信仰による排他性は一定の説得力を持つのであろう。そしてそのための二人称から三人称への認識の移行である。

彼は以前こう言ったことがある。

――病に罹った時ではなく、病を克服した時に健康の有り難さを知った。

これは、彼が薬の副作用に苦しんでいたことを物語っている。だが薬の服用によって、彼は安定した睡眠を得られてもいた。したがって、病を克服するまでは効能の方が意識の中で優先されており、その副作用については、薬の服用をやめるまでそれほど彼の中では問題視されていなかったようだ。だが副作用がなくなることで、彼は如何に自分が長い間通常の状態ではなかったかにようやく気付いた。そしてそのことが、回帰とそれに続く認識革命に直接的につながっていくわけであるが、この病の克服と過去の克服という二つの難題を、彼は今哲学と信仰を組み合わせることで半ば達成しつつある。

きっと彼も、打ち出の小槌をいくらかでも認識しているに違いない。だが時間を戻すことができない以上、そこにある埋めがたい溝については、受け入れざるを得ないものとして対策を練っていくしかない。よくよく考えてみれば、彼が若くして病を患ったのも、そうなることでそれだけ回帰が早まるという天の配慮だったのか?

彼は若くして回帰を経験する運命のもとに生まれてきた。したがって、多くの苦しみを経験した後でなければ、結婚へと踏み出すことができなかったのだ。

おそらくそういうことなのであろう。人生を一周目においてすでにある程度の結果を残せる人と、二周目になってようやく結果を残すことができる人。だがここで私は、もしかしたら思い切った表現を用いなければならないのかもしれない。
愛を神の愛と定義することができるのであれば、少なくとも一回は回帰を経験しなければ到達不可能な領域にそれはある、と。
そうであろう。数多くの「行ったり来たり」。
だが病も経験せず、また克服すべき過去も存在しないのであれば、どうして「行ったり来たり」の人生になるのか？

ここで一つの結論が導き出される。
効率性は同時に多様性が担保されない限りは意味を持たない。

なぜか？

日常に「行ったり来たり」が生じ得ないからだ。

私たちは、日々異なる性質の間を往復している。昼と夜もそうである。寒暖、雨期乾期もそうである。そして緊張と弛緩。だが効率性だけで多様性が担保されないと、私たちは永遠に循環のモードから離れていくこととなる。その結果は言うまでもなく、格差の拡大である。

ではどうすればいいのか？

その答えが効率性と多様性との関連性の中にある。「行く」と「帰る」の中間に明確な線引きを行い、それぞれの領域が原則越境不可で、それぞれの権限の行使を試みる。

ここにも所有と原則立ち入り禁止、つまり「愛、住み分け」の概念を読み取ることができる。そして信仰である。

救済である以上、そこには愛に基づく認識の厳密さが要求されることとなる。

奇跡は起こる。だがそれに相応しい代償を私たちは払わなければならない。

神とはそういう存在だ。そこにプラス50があった場合、神を信じる者はそれにプラス50ではなくマイナス50をぶつけなければならない。つまりプラスマイナスゼロ。「行く」と「帰る」が同数同質になることでそれが実現する。

このことは私にある言葉を想起させる。

帰郷

やはり私たちは回帰していくしかないようだ。そして若いうちに負を多く経験した者だけが、若くして回帰のモードに入り、それを認識することができる。運命とは魂の帰るべき場所を知り、それを受け入れるということだ。

私たちそれぞれの故郷、だがそれは青春を、つまり感受性の最も豊かな時期をどのように過ごしたかによって100%決まる。だから、気付いた時にはすべてが終わっているように私たちは感じるのである。

なるほどそのように考えると、私たちは夢中になれる何かを優先させる癖のようなものを、幼少の砌より身に付けておくべきなのかもしれない。この点においては、私も彼も比較的成功しているようだ。だから不登校となったのかもしれないが、しかし長い彷徨の末に回帰が実現した今、彼は僅かな安堵感とともにあの頃を振り返っているのかもしれない。そして二度と戻ることはないであろうと思われていた地点に回帰していくということは、ある概念を私たちに想起させる。

それは、和解。私も彼も赦されるのではない。私と彼が赦すのである。だからここへ来るまでに途方もない時間がかかったのである。

賽は投げられた。では賽を投げるのは誰か?

神である。したがって私たちは常にそれを留保する権限を持つ。私も彼もこれまでずっとそれを留保してきたのだ。ただ難しいのは、運命を受け入れる決断をしたにもかかわらず、それは必ずしも私たちの周囲からすれば敬意を払うべき対象とは見做されないということだ。彼らは、私や彼がイニシアティヴを放棄することなくそのような決断に至ることを決して歓迎しない。私も彼も、彼らに利益を施すことはできない。過去を受け入れることで私たちが一歩踏み出したとしても、彼らがそれを「承認」することはない。故に私も彼も、それを承知で和解のための環境づくりを辛抱強く行っていくしかない。だからこそ、実践であり救済になるのであるが、この三人称を強く意識した日本人にとっては、半ばイレギュラーな社会認識は、そこに信仰がない場合かなりの孤立感をその主体に強いることになる。だが「住み分け」に普遍性を見出そうとしている彼は、例えばレディファースト(弱者優先)の概念をその認識に取り入れることなどによって、回帰の中に新たな自己発見を試みている。

青春時代の選択。幸いなことに夢中を優先させたからこそ、克服すべき過去が存在したにもかかわらず、私も彼もその青春に後悔がない。だから回帰が単なるセンチメンタリズムに終わっていないのである。もう一周ある。そう思えれば夕暮れ時は美しくこそあれ寂しくはないのである。

おそらくそこに回帰がなければ和解もない。これは重大な決断であり、決して情緒的に判断されるべきではない。彼はその根拠を歴史に求めている節があるが、しかし循環をその哲学のキーワードの一つとするのであれば、私たちは時間そのものが持つアイロニーから永遠に逃れることはできないのであろう。そのように考えると、彼の壮大な知的野望は、やはり個の幸福の一歩先を意識せざるを得ないのかもしれない。

つまり万人の幸福。

そして個人的なものでしかない回帰現象が、信仰を仲介役として救済と結びつく。

組織に馴染むことができない人というのは、おおよそそうなのであろう。「承認」ではなく「完結」を目論むが故に、個性が常に既定から脱線してしまう。もし個性を存在と定義しなければ、それは単なる相違でしかないために、彼も私も任意の組織内において、ある程度の地位を得ることに成功していたはずなのである。だが「個性＝存在」である以上、「組織＝承認」は彼の中では一切価値を持ち得ず、そのことが倫理的な面も含めて、彼を容易に孤独から解放しないのである。

同化ではなく分化。「住み分け」もそのような意識の中で育まれたのであろう。

彼の人生は今、共存に反する方向へと大きく傾きつつある。ここは重要な箇所だ。認識革命とはこれまでとは異なる選択をするということなので、しばしば冷徹に振る舞うことをその主体に強要する。したがって、一定の不安の中を彼は今進んでいることになる。本来、理性をというのであれば、その精神は常に凪を保っていなければならないが、認識革命は一旦それを中断させる。だが新しい認識に普遍性を見出し始めている彼は、もはや後戻りすることはできそうにない。既定の価値観が、しかし彼の追憶の中では時に有意義なものでもあったのだから、彼はしばしば複雑な思いにも囚われているはずである。遅かれ早かれ彼は決断し旅立つ。だが病み上がりということもあり、幾らかそこには躊躇が見え隠れもするようだ。

たった一つでも条件が整わないと、一人旅を決行することはできない。夢追い人は皆、単独行を決断した人だ。夢はそれを意識する限り、決別と無縁でいられない。やがて彼も私から離れていく。これは避けられないことである。その様はまるで神の使者か、または天の使いを私に連想させるのであろうが、いずれにせよ、しばしの滞在の後、彼らは去っていく。そして、わかる人にだけわかる現象がそこに残される。つまり、信仰を意識する以上、合理的であることには限界があるということになる。

言葉に尽くせない思い。ではその隙間を埋めるのは何か？

インスピレーションである。ではインスピレーションとは何か？

命にのみ与えられた特権である。

ではインスピレーションを別の言葉で言い換えると、何になるのか？

突然変異である。

その瞬間、意識の中で何かが大きく変わるのである。２秒前までの yes が no になり、あるいはその逆になる。そこでは予定調和が完全否定され、個性は承認ではなく完結へと向かうこととなる。ここは必然的に、と言ってよいであろう。個性は、そこにインスピレーションがなければ単なる specifications（能力明細）になる。彼が平和共存を選択しないその一つの理由がここにある。彼は、個性を死なせないためには、ハードとソフトの分離が欠かせないと考えているのである。もし能力明細を認めてしまうと、一個人の能力を数値化できると仮定した場合、その個はたとえ優秀な個性の持ち主であったとしても、完結には向かわずに承認へと向かうであろう。未成年であれば尚更である。というのも、個性の相違、優劣は99％その青春時代に決まるため、理由は何であれ一旦承認を選んでしまうと、その数年後に自然ゲームオーバーとなってしまうのである。おおよそ17歳の少年少女は、今という瞬間が永遠に続くと錯覚しているために、終了のゴングが鳴るまで、そのことに気付かないのである。彼はそれを憂えているのである。夢中を優先させ、その結果不登校という代償を払ったにもかかわらず、彼がその青春に後悔がないのは、これを避けることができたがためである。能力明細を認めないが故にであろうか、彼は時にこの言葉を発する。

前衛

前衛は、彼の中では明細の真逆にある。そこでは突然変異が認められ、個性が常に文明の利器に勝利している。だが承認を否定した場合、前衛を信奉する者はまるで預言者のように組織には入ることはできず、入れたとしても孤立する。彼もまたそうなのである。「個性の完結」を「集団内における承認」に完全優先させている人、それが彼である。

そこには彼なりの確信と、覚悟と、納得がある。そして、それらは信仰に裏打ちされた善を背景としているがために、彼自身、自分があまりにも肯定されないことにある種の苛立ちも覚えているようだが、しかしだからこそ、回帰に最後の望みを託しているようにも見える。

彼は芸術家ではない、道徳家である。また彼の言は哲学ではなく、幸福学である。そういう意味では、彼は少し早く生まれてきたのかもしれない。

信仰をバックボーンとした分析による安心と可能性の両立。だが「愛、住み分け」を選んだ以上、彼は「平和・共存」派とは決別することとなる。彼には何らかの新しい定義が必要なのだ。彼は病を克服した。そして彼を待っているのは旅である。

愛の排他性は、信仰による善という担保を得てヒューマニズムへと昇華する。そこでは同化が否定され、厳格な基準によるレディファースト（障碍者ファースト、子供ファースト）が普遍的な価値を持つ。そして弱者救済が自然強く認識されるようになり、実践による日常の細かな善の確認が傷つくことを恐れるにもかかわらず、やがてその内面において浸透していくこととなる。ここにおける精神の運用は、実はそれほどフレンドリーではない。したがって共存を唱える人々からは、かなりの反発が予想される。愛は神の愛であり、それは境界線を是認する。当然防衛意識が生まれ、その結果、敬意と契約による越境以外は許されず、しばしば告訴などの手段による、権利の侵害に対する何らかの措置が取られることとなる。愛を肯定する以上、争いも肯定されるのである。しかしそこが、平和・共存派には理解されない。愛の対象（おそらくそれは人に限らない）を守るには、所有の概念が欠かせない。それが「私のもの」であるからこそ、それを守らなければならないのである。彼がこの地球を「ぼくのもの」と定義する理由もそこにある。愛の対象を守るために、彼は犠牲を払う。そこでは喜びではなく祝福が優先され、したがって彼は客体として存在し、必ずしも全権を掌握することにはならない。つまり、神にお伺いを立てる必要性が生じるのである。言うまでもなく、神は永遠に沈黙するものである。だから彼はより理性的に振る舞う必要性を感じているのである。彼は有神論者であるにもかかわらず、特定の宗派には属していない。彼には教会(頼るべき組織)がないのである。

ではどうすればより理性的になれるのか？　そのヒントが回帰という言葉の中にある。ここで彼が経験してきたすべての負が逆転することとなる。回帰は時間を逆回転させることなので、循環を支持する以上そこに矛盾はない。人は必ずや過ちを犯す。彼もその例外ではない。だが二周目に入る時、それらをどのように扱うかで様相はがらりと変わる。彼は今負けることの必要性を感じている。

――ぼくは負けなければならない。

そこにプラス50があれば、必ずや次はマイナス50を選ぶ。もちろんマイナス50がそこにある時はプラス50を選ぶのだが、ゼロに達したとしてもそこから100を目指すことはしない。それでは負けることにはならないからだ。

彼はそのように考える。

不思議なことに、平和・共存派の方が100を目指しているように見える。「住み分け」を選択した場合、向こう同様こちらも安易には越境できないので、「保全」の意識が「侵攻」を常に上回りしたがって100ではなく50または51を強く意識することになる。

では残りの50または49はどうなるのか？

諦めるのである。ここは仕方がない。負けを認め、撤退する。

おそらくは平和共存を唱える人の方が、諦めが悪いのであろう。100が無理なら90、いや80でもいいと考えているようだ。彼らはなかなか負けを認めたがらないように、彼には見えるようだ。

おそらくはこういうことであろう。所有が認められる以上、序列も認められるべきである、と。だが住み分けであるので、序列上位者は多くの権限を得られる代わりに補助については諦めなければならない。また序列下位者は、権限は限定されるが補助は多く受けられる。そして上位者は、保全のために社会に寄付を行う義務を、任意ではあるが事実上負い、下位者はそのために上位者にしばしば道を譲らなければならない。ここは、住み分けの肯定でなければ到達不可能な境地である。しかしそうすることによって、生存の権利そのものは所有同様保全される。

確かにここは信仰を基本とするグローバリズムがなければ、かなり日常における意識が内向きになりかねない箇所でもあり、また所有を肯定している以上、商魂逞しい法人による誘惑が頻繁に生じることが容易に想像されるために、なるほどその認識の運用には細心の注意が必要ではあるが。

ではどうすれば、自分の内側と外側との世界との融和を上手に図ることができるのか？

やはりここにも回帰が来る。

そろそろ救済から最終章の回帰へと移らなければならないようだが、おおよそ時間を遡ることは、日常の諸々の物事の円滑な進行の妨げになる。完璧な過去など存在しない以上、後悔と逡巡を喚起させるような真似は、できるだけ慎むべきだ。おわかりのように、後悔しても何も変わらないのだから。

だがそこにある概念が来るのであればここは大きく変わるのである。

それは確認である。

青春の確認。そこに夢があれば、それは青春を輝かせる。だが、夢とは常にハイリスク・ハイリターンである。だから、おおよそ若者はどこかで決断を迫られる。だが時代がどのように振れようとも、感受性の豊かさは一度失われると、二度とそれを取り戻すことはできない。だがそのことに気付くのは、すべてを失った後だ。だから後悔だけが残る。しかし青春の確認をすることができれば、私たちはもしかしたら、後半の人生をそれ以前よりも豊かなものにすることができるのかもしれないのである。

「私の青春時代の選択は間違っていなかった」

幸福とは数字に比例するのではなく、上昇角度に比例する。その時点における数字が低かったとしても、一年前、半年前、三か月前と比べて、そこに上昇が見られるのであれば、その方が幸福度は高いということである。そして、そのための判断基準となるべき材料が回帰の中にある。

感受性が強ければ強いほど、人は空想的になる。彼はまさしくそうだった。だが逃避は、彼が価値を携えて帰還すれば、それまでとは真逆の意味を持ち始める。

彼も実は、そこをかなり強く意識しているようだ。彼は成功者として帰還するのではなく、幸福者として帰還するのである。だが、それを認めようとしない者も多い。だから、彼は戦わざるを得ないのである。彼は曖昧さを捨て、厳格さをその言動において規定しようとする。平和・共存派との相違の明確化である。そして、回帰が懐古と完全分離される。ここは実に重要な箇所だ。回帰は負の肯定である。故に最終的には和解へと至る。それに対して、懐古は負の正当化である。確かに、懐古に到る人はそもそも決別を生じさせないので、和解の必要性もそこにはないのだが、回帰が青春の善的な確認を促すために上昇につながる可能性があるのに対して、懐古はむしろ固定につながる。しかし時は流れていくので、そこに上昇がない限り、個は相対的に見て沈下していくこととなる。ボタンの掛け違いが実は生じていなかったのだ、ということが確認されれば、それは第二の人生において、もしかしたら決定的な意味を持つかもしれない。ここにも、私が彼の思想に関心を持つ一つの理由が垣間見える。

時は二つの要素を常に孕んでいる。一つは「またか」であり、もう一つは「まさか」である。これは若い時分においてもおおよそ経験できるが、そこに運命的な性格が混じるのは、回帰が始まって以降であろう。そして「喜び」が「祝福」へと変容する。なるほど、そのように考えると、やはり青春は一回だが人生は二回あるということになる。誰でも帰り道では新たな発見をする。そしてこう思う。

どうして今まで気付かなかったんだろう？

そして二度目が始まる。彼も私も、それに納得してからでないと次に進むことができない、という宿命にも似た性質を有しているようだ。しかしだからこそ、一度目が戻ってきた時には、不思議な感慨に襲われるだけでなく、分析後のデータを未知の挑戦に加え、理想的に一体化させようと目論むのである。これは、二度目だからこそできることである。

彼は今、青春に対抗しようとしている。そして、青春時代を生きる者でさえ達し得ないような奇跡的な瞬間の創造を企んでいる。

回帰は、個が（青春の）確認可能状態にあれば、奇跡をそこに生じさせる蓋然性を持つ。

青春がすでに過去のものとなっているからこそ、再生（reborn）が意識上に現れるのである。そして、哲学が幸福学となる。

もし彼が天寿をまっとうするのであれば、その時にこそ、彼の体系づけられた論理は、普遍の輝きを帯びるのであろう。彼はそのことに気付き始めている。これは個人的な、しかし壮大な挑戦だ。彼は社会を変えることはできない。それでも、人生の根本的な原理にまったく新しい側面を付加することはできる。

いつまでも若く

この永遠のスローガンは、そこに回帰が生じない限りは、徒らに懐古趣味を募らせるだけに終わるのであろう。新しい出発は、過去との決別が絶対条件である。「捨てる」は実に「意志」を想起させる。それを知る個は、未来を見据える。そこに懐古はない。「喜び」は「祝福」へと変わり、彼はようやく運命という言葉の意味を知る。運命とは天より授かる境遇のことではなく、自らの選択を天が承認するということである。したがって、私たちは運命をも左右させることができるのである。ただ天は、それをそのまま承認するのではなく、修正されたものを、いわゆる思し召しとして、実に絶妙なタイミングで個に返す。だがそれは、必ずや「またか」または「まさか」を想起させるため、それが実は自らの選択が姿、形を変えたものであるにもかかわらず、私たちはそれを躊躇なしに受け入れることはできないのである。

この書もついに最終章へと向かう。

回帰、昨日までの是が非となり、非が是となる。だがこれは、あくまでも認識上の革命であって、それ以上のものではない。したがって、外観上は何も変化しない。この、わからない人にはわからないであろう喜ばしい変化を、彼はただ静観し、そして慎重に見極めようとしている。それは喜びであるにもかかわらず、まるで凪のように穏やかだ。祝福であるにもかかわらず祝祭ではなく、革命であるにもかかわらず騒乱ではない。すでにあるものに、プラスではなくマイナスを加えることでゼロへと近づく。そこにあるものは、救済。

そして愛・住み分け派は「利」から解放される。

では最終章へと移ることにしよう。

第四章　回帰　冬

この書がもし普遍的な価値を将来有することができるとしたら、それはこの書を通して、五十歳を過ぎた者たちが、老いというものを肯定的に受け取ることができるようになることにおいてのみ、その萌芽を確認できるのであろう。つまり、回帰によって、老いにそれまでとはまったく異なる位置づけを与えることができるようになることによってのみ、ということである。

ここは、空想的でもなければ徒らに楽観的に振る舞おうとするわけでもない。一定のインスピレーションに基づく、神秘主義的な要素が介在する余地があることは認めつつも、しかし十分に論理的、合理的であり、またそれ故に、私たちが理性的に幾つかの条件を埋めていくことで、誰でもそのような状態に近づくことができる可能性もある。ここには逃避はなく、それどころか、もしかしたらその個にとっての人生最大の挑戦さえもが、そこに待ち構えているかもしれない。

だからこそ、このような文章を記す意味があるのであり、もし、その個が幸福というものが持つ意味に、決して富には宿らないであろう永遠や普遍といった要素を見出すことができるのであれば、このパンフレットのような一片の作品が、老いに近づきつつある者たちにさえも何らかの希望を与えることができるのかもしれない。

なぜ私たちは帰るのか？

それは、それが理に適っているから。

つまり循環

ここに成功と幸福との、絶対的な相違がある。成功者は帰還することはなく、あったとしても、それは原則敗者としてということになる。だが幸福者は、勝利者にならなくとも、同じように敗者になることもなく帰還する。したがって、回帰がキーワードになる以上、幸福学が必要になるのである。幸福学を極めることで、私たちはそこにどのような運命が待ち受けていようとも、帰郷を果たすことができる。

私たちはおそらく、「行く」と「帰る」がこれほどまでに性格が違うということに、これまで気付いてなかったのかもしれない。だがようやく、homeの持つ意味が明らかになろうとしている。ここには歴史があり、コミュニケーションがあり、安らぎがあり、そして愛がある。homeにおいてのみ、愛・住み分け派と平和・共存派は、お互いの分を知ることとなる。だがそのためには、回帰へと向かわなければならない。青春に夢が必要なのは、すべてこのためである。青春に夢があり、それを追い求めることで、私たちには帰るべき場所が与えられるのである。夢は完結を目指し、慣習による承認を凌駕する。したがって、成功に到らずとも、いや、おそらくはその方が、富とは真逆にあるべき価値により敏感になり、それがついにはhomeの持つ意味を、その個に悟らせるのであろう。そういう意味では、夢とは追い続けるものであり、量ではなく質によってこそ、その価値は判断されるべきなのであろう。

14歳の時に見た風景。いつしかそれを皆忘れるが、いつの日かそれが甦る時が来る、いや、そうでなければならない。もしそこに自分にしか通用しない法則を見出すことができるのであれば、その個は回帰において、あらゆる矛盾の解消、つまりボタンの掛け違いの解消に成功するであろう。

実は、すべては辻褄があっていた。だが、そのように見えなかっただけだ。

ここにあるのは、人生の奥義のみならず、神の御業の奥義。複雑だが絶対の法則。しかし最後は、すべてがゼロに回帰する。だから、「にもかかわらず納得」が、そのための存在の絶対条件となる。それは「得る」とまったく同じだけのものを「与える」ことによってのみ完遂させることができる。

$A+b(c+d-e)+x(y\div z)\times$それぞれの状況に応じた係数＝0

どのような方程式がそこに成立しようとも、結局はすべて0に帰する。したがって、意識すべき数値は、決して上昇していくことはなく、つまりプラスの後には、必ずやマイナスが来なければならない。50を得た者は50を与える。逆に50を失った者は50を与えられる。それによって永遠の理が適えられる。

なぜ光速で移動した場合、時間の経過がそこにないのか？

それは絶対値0によって、この世の時間のすべてが構成されているからだ。今という時間そのものが直ちに永遠とつながっているのであり、それを私たちは、プラスマイナスゼロを実現することで実感することができる。

得る値＝失う（与える）数値

そして私たちは回帰していく。homeとはheavenの入り口。homeを知らない者だけがhellの存在に怯えることとなる。ではhomeを見失った者はどうすればよいのか？

そこに愛が来る。

信仰により、自身が客体として存在していることを認識する。それによって、喜びではなく祝福が彼を救う。ここでは、「得る」の動機及び行為のすべてが、「与える」のためにのみ存在していることを理解することができる。愛を語る以上そこに主体としての認識は一切の説得力を持たない。

なるほど、それを妨げている者は、私たちの弱さなのかもしれない。だがそのように仮定したとしても、私たちがただ回帰を知ることで、そこに認識革命の初期段階を確認することは、おそらく可能であろう。ここは、個々人の置かれた状況にもよるので、一概に断ずることはできないが、幾分かの楽観をここに差し挟むことは、可能であるように思える。そういう意味では、私たちが信仰を前提にしたとしても、取り立てて特別の努力をする必要はないのであろう。

私たちは皆年を取る。ならば老いを徒らに忌み嫌うことをせずに、老いたからこそ見えてくるものの価値を、むしろ積極的に評価すべきなのである。それによって回帰が実現する。信仰に目覚めた者は、必ずや救済へと向かう。だがそれを、老いを知る前に体現するのはかなり難しいであろう。おそらくは、喪失を経験した者でなければ、ここを超えることは不可能であるように思える。だが老いを知れば、状況は少しずつ変化し始める。老い、つまり若さの喪失は、長寿になればなるほど俄然価値を帯び始める。ここは極めて高い確率で、楽観視可能な領域である。なぜ還暦を過ぎた人間が、一定の条件を備えているにもかかわらず、二十歳の若者よりも道理を多く知り得ないであろうか？　またその道理が、どうして若年層の人々に感銘を与え得ないであろうか？

私も彼も今、普遍へと向かいつつある。それは、内省的な旅の連続であり、それはまるで預言者か、または修行僧のようでもあろう。

永遠、そして普遍を知ることによって、私たちの視点と鼓動は、ほぼ一定となる。それによって、私たちの不幸の99％を占める後悔と逡巡が消滅する。なるほど、そのように考えると、「行く」は「動」であり、「帰る」は「静」である。動しか知らない者は、成功をキーワードにした場合は合格点なのであろうが、幸福をキーワードにした場合は、静も合わせて知る者だけが合格点に達する。そして、そのような者はhomeに何らかのこだわりを見せるはずである。

homeとは何か？

それは、物理的な対象のみならず、精神的な対象でもある。記憶が性的な部分も含む温もりをそこに帯びない限り、それは創造に結び付くインスピレーションを喚起し得ないであろう。反抗期は、下手をすれば無機質的なまま事務的に風化していきかねない記憶の断片に色彩を施すための、おそらくは人生唯一の運命に対する襲撃期間。襲撃し破壊することで、少年少女は、事後的にではあるが、相違の中に潜む個性を発見する。まだ14、15歳であるが故に赦されるために、この時期だけしか、このようなことはできないのである。もちろん、その個性を価値と見做すかどうかは、それぞれの家庭または友人などとの環境に依るのであるが、偶然にも恵まれるのであれば、旅立ちがいつか彼を、そして彼女をいわゆる「一人前」に引き上げるのであろう。そういう意味では「可愛い子には旅をさせよ」は、実に正しいということになる。

襲撃と破壊故に、一旦は故郷に背を向けることになるが、逆に言えば、襲撃（衝撃も含む?）と破壊がなければ、そこがよほど居心地の悪い所でない限り、故郷とは容易に離れることの叶わない場所なのであろう。

帰郷するために上京する。回帰するために夢を追う。

一見矛盾しているように思えるこれらの物理的精神的な運動は、しかし、循環によい人生のヒントを見出そうとするのであれば、実に理に適っているのである。

プラス50の後は必ずやマイナス50。

だが予めそれを計算に入れるとすべてが台無しになる。

ではどうすればそうならないようにできるのか？

対象を探す。つまり「好き」を見つけるのである。

では「好き」とは？

居場所のことである。

読書や映画や旅が、それが何処かを教えてくれる。そしてここには、思春期特有の性的な部分を含むときめきが、しばしば介入してくることとなる。ここはfakeの出番でもあるが、だがそれはdreamとおおよそその機軸を一にしている。ここはきっと40歳以降でもそれほど変わるまい。

真実の在りかを確信できない以上、私たちはfakeに代表される曖昧さを半ば肯定しながら、そこに、善的な、普遍的な、そしてかなり哲学的な要素を加味していくしかない。当然、祈りは否定されるべきではなく、信仰をベースにしたその時点における頂点を、まるで登山家のように目指していく他はないのであろう。だが能力を発揮するためのツールの限界などにより、この理想は常に、その後継者によってしか叶えられることはない。ここはきっと永遠に変わることはあるまい。したがっておおよそ天才という者は、にもかかわらず進むことを宿命付けられた者と定義することが可能であろう。なぜこうなるのか、本人こそが最もそれをわかっていないのだ。天才は苗を植え、彼の後継者がそれを育てる。実を結ぶのは、その後継者の晩年。かなり高い確率で、天才は自分のほんとうの価値を知ることのないまま亡くなることとなる。より普遍的な価値を持つものこそ、現世的な輝きとは無縁なまま、真のヒューマニティーを知る人々によってのみ受け継がれていくこととなる。幸福とは余韻のことではなく、事前に漂う不安の中にのみ潜む挑戦のことである。だからそこには運命の香りが常に満ち満ちているのである。

成功は必ずしも幸福を担保しない。ということは事後的な要素は、そこではほぼすべて省かれることとなる。だからこそ、私たちは幸福を求めるのであれば、必ずしも都会へ出奔する必要はなく、故郷に留まったまま幸福を今そこにある条件の中に探し求めることができるのである。

もしチャンスが成功のためのものに限られるのであれば、私たちは時間を過度に意識しすぎた結果、本来の自分の居場所さえも失ってしまうかもしれない。

Time is money.

だがmoneyは成功ではなく、幸福を担保するための源泉として扱われるべきだ。なぜならば、そうでなければmoneyは循環していかないからだ。

幸福は、右にloveを、左にhomeを従えることにより、いや、それによってのみ、そのバランスを保つことができる。だが私たちは、あまりにも習慣化されすぎた日常の中で確立された慣習を踏襲することの中にのみ、人生の価値を見出そうとしているようだ。ここでは、時間と対立すべき要素がほぼ完全に欠落してしまっている。それは空間である。そして、その空間を形成しうるものは慣習と対立しうる概念である。

それは夢。

そこでは事務的な作業は二次的な価値しか持ち得ず、ただ永遠というものにつながり得るが故に、最終的には信仰の萌芽を呼び覚まし得る、ほぼ定期的に繰り返されるべき行為のすべてが肯定されている。

時間ではなく空間であり、また事実ではなく認識。

実はこれらは、ある種の決定的な失敗をその発端として、幾多の後悔と逡巡を経た後でなければ感知することができない。したがって、喪失に代表されるような「克服されるべき過去」の存在がそこになければ、おそらくはその道程のとば口にすら立つことはできないのである。ここでは最悪であることでのみ、すべての辻褄が合う。つまり、それより下がないということによる「何卒勘弁願う」をついに排除し、覚悟よりは閃きによりそこにないはずの扉を開ける（勝手に開く）ことに成功することができるのである。

一番下、しかしそれは「地」を意味する。両足が地に着いたからこそ、インスピレーションが彼を解放する。きっとその先にあるものは和解。

不倶戴天の仇を赦すということ。

善悪の彼岸とは「行く」ことではなく、「帰る」ということ。

最悪の敵が最良の友となる。それは外見的には豹変以外の何物でもないが、おそらくはそのことによってしか、「ボタンの掛け違い」は最終解決には至らない。

降伏

だがそれは喪失を知る者にとっては、長い彷徨の末にようやく辿り着いた幸福のためのシグナル。

バランスとは、属性の異なる要素間においてのみ成立する関連性のことである。そういう意味では、合理性を口にする者は、恣意的であることを排除するために、かなりの冷徹さを自身に課さなければいけないのかもしれない。

どうやら空間を知らない者は、時間に気を取られすぎた結果、循環とは真逆の方向にあるものに永遠を見出そうとしているようだ。残念ながら、彼らが空間をそこに見出すことができない限り、日々一切前進のない、いわゆる堂々巡りを繰り返すことにしかならないのであろう。飛ぶ鳥を落とす勢いが意味するものは、栄光ではなく、止まったら落ちるという焦燥。スピードによって失われるのは、引き際のタイミング。速ければ速いほど、その個はhomeから離れていくのだ。

この世のすべてが、二つで一つであるならば、明と暗も、緊張と弛緩も、寒暖も、乾燥と湿気も、喜びと不安も、すべて理に適った、つまり調和のとれた状態にあるということになる。そのように考えると､婚姻による家族の形成は､人生における二つの要素(office & home)の調和を図る上では、実に有効な結果をもたらし得る行為といえるであろう。なるほど、そのように考えると、やはり人間とは、コミュニケーションがすべてなのかもしれない。神前においてこそ成立可能な契約が、異邦人をも含む私たちの共同体の、より円滑な運営に大きく寄与することとなる。これは、家族の形成以外の社会的要素の拡充においても、同様の効果をもたらし得るのであろう。契約とは円であり、そこに頂点はなく、真ん中から等距離ですべてが連なることとなり、この概念の導入によって私たちは真に権利という点において平等足り得るのである。

ここでは幸福をキーワードとせざるを得ないが故に、数量的な要素が入り込みすぎると、円は簡単に破綻してしまう虞がある。したがって「住み分け=所有の肯定」による分割によって、それぞれの権利を確定させる作業が必要になる。ということは、円はあまり大規模ではない方が望ましく、そこにある目的に沿った比較的小規模の幾つもの円による多様な連携により、「利」と「理」のバランスを図るよう努めるべきであろう。

最終的には、「明確な意志を持つ無数の輪」の状態になる

住み分けが契約を強く意識させる以上、この辺りは外せない概念である。幾つもの円はそれぞれ大中小の区別が曖昧であるが故に、一方通行ではなく双方向通行が十分可能になる。果たしてこのような現象が意味するものは、「利」と「理」の最も望ましい関係ということになりはしないだろうか?

住み分け派にとって、noとは留保の意味であって、拒絶を必ずしも意味しない。ここはappointmentという契約に到る初期段階におけるワードが登場すべき箇所であるが、おおよそ意志とは、理性をその原資とすることは明白であり、対象が何であれ、randomな扱い

には抵抗を覚えるべきであろう。

言うまでもなく、明確な意志を持つ無数の輪には、誓約により結ばれた男女も入ることとなる。だからこそ、円が大規模な様相を呈し始めると、まずは婚姻に深刻な亀裂が入りかねない事態となるのであろう。

愛が春ではなく冬を意味するのであれば、私たちは祝福を喜びに優先させることにより、自身を客体化させることを常に意識しなければならないということになる。ここは、主体として存在する神の厳粛さと、多数の円の連携による共同体の円滑な運営とが、見事なまでにシンクロしなければいけない場面であり、そのように考えると、もし契約の結果そこに生じた集団が、いつしか円ではなく頂点を持つ、例えば三角形のような形に変貌していくのだとしたら、それは「愛・住み分け」派の敗北のみならず、森羅万象との一体化を無意識の内にも目論む「平和・共存」派にとっても深刻な事態を引き起こすことにしかならないのではなかろうか？

私たちは感情の赴くままに生きているわけではなく、またそうであってはならない。もしそうであれば、私たちの築いた文明は、今この瞬間これ以上先へ進めなくなり、一気に転落していくだけであろう。今を生きる私たちは、過去と未来の分岐点にあってバトンを受け継ぎ、また引き渡すその役割を負っているに過ぎない。そういう意味でも、私たちは利便性も効率性も、そこに利が見込めることが確実なのだとしても、それらを抑制的に運用していくように努めるべきなのであろう。したがって、数字の羅列を目にした時であっても、数値化され得ない要素に目を配ることを忘れてはいけない。そして、その筆頭に信仰が来る。なぜならば、神には実体がないからだ。信じるとは常に、「にもかかわらず信じる」であり、祈るもまた同様である。

「認識する」に、常に逆の知的エネルギーが働かない限り、喜びの格差は拡大していく。それほどまでに理想を意識した場合の私たちの認識の知的な運用というものは、まるで薄氷の上を歩くようなものなのである。それ故に、煩わしさを避けようとする者は、祝福を離れ、喜びを軸に主体的に行動しようとするのである。そこに待っているのは、大量生産、大量消費、そして古典の死である。

私はそこに、実に大いなる不安を覚える。彼がペットボトルを拾い、それをごみ箱に捨てる時、私はそこに、回帰につながる救いを感じる。コンビニエンスストアで支払いを済ませる時、それを消費のための手続きの最も原初的な形態と捉えるか、それともそれを一共同体におけるコミュニケーションの最も原初的な形態と捉えるか、実はこの違いは、将来かなり深刻な結果として現れる可能性がある。なぜならば、前者であれば無人も可となるが、後者であれば無人は不可となるからである。ここは自動販売機でも援用可能な部分でもあるが、しかし同時にヒューマニティーに関する部分でもある。だがここを正確に認識するのは、文明化すればするほど難しくなってきているように感じられる。

知のデフレ

そのような現象を、私たちは日々目撃している。だが最新のツールの生み出す利がモラルの壁を超える時、知のデフレはまさに大衆の間隙を縫って一気に進行する。速さは数値化されるため、知のデフレという副作用は、一度波に乗れば、後は止まることを知らないということになる。

この恐怖を、私も彼もうまく言葉にすることができない。だから彼の旅は、今後も続くと思われるのであるが、私と彼の個別な現象に留まっている回帰が、より多くの広がりを、より敏感な人々の間のみでも見せない限り、私も彼も田舎でひっそりとした隠遁生活を最終的には送ることになるのであろう。

文明をより多く担保するのは都会である。芸術が制作終了時点ではなく発表をもって完成するという性質を帯びている以上、芸術家が都会を目指すというこのベクトルは変えようがない。文明化が加速度的になればなるほど、都会は巨大化し、より多くの利便性と効率性が重視されることとなる。だがそのことにより生じるであろう株価の推移は、私たちから健全な未来というものを奪っていくかもしれない。なぜならばそれは格差と環境悪化という私たちが今最も重視しなければならない、人類共通の課題をより深刻化させることにしかつながらないからである。本来数えられないものの価値に属する芸術が、文明が生み出した諸々のツールによる大きな影響力から免れ得ない現実に直面している現在（許容範囲を超えていると思われる）、数えられるものの価値に属するビジネスに、芸術家自身が飲み込まれていく様を、私も彼も実に複雑な思いで眺めている他はないのであるが、しかしだからこそ、私と彼のこだわりでもある回帰は、今もしかしたら人類史上初めてかもしれないアートの歴史的転換を模索しているのかもしれない。

アーティストではなく、モラリストへの転換。それは目指すべき目標がそれ以前とはまったく逆になることを意味する。そう、「共存派から、住み分け派へ」である。

だがそれによって、モラリストの周囲は所有の名のもとに多くの線引きが生まれ、コミュニケーションのための契約の必要性が至る所で生じることとなる。

そして大都会に象徴される巨大な一つの輪から、明確な意志を持つ無数の輪状態へと社会は変貌していくこととなる。

それが巨大な一つの輪であるならば、当然その中心にできるだけ近づこうとする人々たちによる、いわゆる階級闘争が勃発することとなる。その巨大な一つの輪が、追い風に乗った極めて安定的な状態を維持している間は、その周辺部に追いやられてしまった、または自ら望んでそうなった人々にも居場所は与えられることとなる。だが勢いが失われてしまった途端、周辺部をさまよう人々は居場所を失い、中心部に陣取る人々の顔色を窺いながら、少しでも中心に近い場所を模索することとなる。ここに想起されるべきワードは忖度であり、また改ざんであろう。真実が明らかにならないのに、どうしてその社会の健全化が図られるであろうか？

もしそれが明確な意志を持つ無数の輪であるならば、その中心を目指すことには多くの意味はなく、その個は最も自分に相応しい居場所を求めてくっついたり離れたりを繰り返すであろう。そしてようやく自分の居場所が見つかれば、次は他の小さな輪との連携を図ろうとするであろう。これによって格差と環境の二つの課題は、その解決のための糸口を見つけるはずである。しかしこれが実現するためには、どうしても契約の概念がそこに暮らす人々によって共有されなければならないのだ。だが、ここがどうしても突破できないために、私も彼も身動きの取れない状態に陥っているのである。

望ましきはworldではなくworldsである。一つの世界では、その中心に陣取ることができる人々とその一派によって、世界は牛耳られてしまうことになってしまう。それを避けるためには、絶対的な精神的バックボーンを共有する、しかし一定のルールのもと、最大限の選択の自由が保障された状態を作り出す以外にないのであろう。そのように考えると、信仰というものの持つ意味が、実は文明化すればするほど、その重要度を増してきていることが理解されるというものだ。

一つの中心ではなく、無数の中心による連携の模索。だが信仰がなければ、明確な意志を持たない無数の輪となってしまう虞がある。それを、私も彼も危惧しているのである。分裂化社会、そこでは私たちは、第一に名を失う。任意の存在となった私たちは、巨大な影響力を誇る一人物の承認によってしか、物事の善し悪しを決められなくなる。そして、自分を支持してくれる人々の言には従わずに、鶴の一声に従うこととなる。鶴の一声の主体は、概ねセレブリティであるために、知らず知らずのうちに事が悪化していっても誰も警鐘を鳴らすことができない(損益が発生する)。この恐怖を形容すべきワードを私たちは知らないが、いずれにせよ互換性のないことによる、情報収集のための選択肢の減少が、特定の人物の影響力の巨大化を招いていることだけは間違いない。

この帝国主義にも似た現象を、worldは支持し続ける。そこに富の集中が見られる限り、利便性と効率性の上昇のためのすべては、肯定されていくしかないのであろう。これらはアートがビジネスとは無縁であった時代には見られなかった現象であり、アーティストのビジネスマン化が今まさに顕著になりつつあると言えるのかもしれない。

果たして芸術家に株式新聞は似合っているのであろうか？

モラルの復活は信仰の復活。かつて富の独占を可能にしていたのは、軍人と政治家、しかし今は、アーティストとエンジニアである。だがモラリストは、それらいずれにも属さない存在である。そしてモラリストはworldsを支持する。

共存から住み分けへ

富の集中化への暗黙の了解を、若者たちがアーティストに許可した時、世界は瓦解の一歩を踏み出した。

その時世界は、人類史上初とも言ってよい歴史的転換へと、おそらくは無意識の内にも入り込んでしまった。今対象は、若者たちの上空ではなく手の内にある。遠くにある憧れに自らを近づけるための日常ではなく、今日の自分の価値観に沿った対象を、ほぼカスタマイズなしに受け取るための日常となった。「明日」のための自分ではなく、あくまでも

「今日」のための自分である。したがって、夢や目標のために自分を変える必要がないのだ。数値化されるべきデータは個人の感覚とは一切関係なしに、しかしそれ自体が一個の意思を持った存在であるかのように、文明化された社会を縦横無尽に動き回っている。恐るべきことにそこにあるのは、発信者の意志ではなく情報そのものの意志である。大都会に出奔せざるを得なくなったアーティストたちが、その優れた感性故に読み取った流行の未来は、しかし個性だけが生み出すことのできる奇跡、または突然変異を帳消しにしてしまっているようだ。

そこに10万人いたらそこには10万通りの個性が存在する。だが個が変わることを拒んだ時、その10万通りの個性はたった一つの命令に従うこととなる。そしてworldsはworldになる。

果たして、彼も私も愛すべき人を見つけることができたとして、そこに安定的な未来を、そして希望を見出すことができるのであろうか？

もし神が私たちを造ったのであれば、神は必要に応じて警鐘を鳴らしたはずだ。ならばなぜ、私たちにはそれが聞こえないのであろうか？

脳や肉体が劣化していくのであれば、文明もまた同様であるはずだ。

ではどうすれば、それを避けられるのであろうか？

そこに劣化が生じる以上、私たちは、それにこそ抗わなければならないはずだ。

では抗うとはどういうことか？

対象に自分を近づけるべきと認識するのか、それとも対象を自分に近づけるべきと認識するのか？

もし順調で滑らかであることが担保されるのであれば、私たちの日常は、そこに生じているに違いない劣化に気付くのが遅れるかもしれない。なぜならば、通常のコースを逸れた時にしか、私たちは自らを省みることができないからだ。そしてその時に、私たちの水先案内人の役割を果たすのが古典である。

落選した若者はどこへ向かうのか？

書店であろうか、美術館であろうか、いずれにせよ彼は古典に会いに行くのである。そして選択の前にあるべき意思の確認を、改めて行うのである。

順調ではないこと、そしてその予想に反して自身を見舞う喪失が、彼に「好き」の有無、そしてその在りかを、今一度問うのである。

祈りとは喜びであろうか、それとも祝福であろうか、それを教えてくれるのはただ古典だけである。言うまでもなく、ここに、愛による自身の客体としての認識が見事に嵌まることとなる。祈りの果実、ただそれだけが、沈黙を貫く神の善性の担保となりうる。誓いの言葉は、神前で交わされなければならない。だがそのためには、私たちは、過ちを犯した際には悔い改める必要があるということを学ばなければならないのだ。

懺悔とは、愛が春ではなく、冬であるからこそ成立する習わしであろう。赦しを請うとは、リセットするということ。実際には、その対象となる人物による承諾を待つということになるのであろうが、しかし神前で交わされた約束が有効である以上、彼も彼女も和解のための一歩を印すことが可能な状態にあるということになる。おそらくは、然るべき人物による仲介が彼らの背中を押すのであろうが、しかしここに普遍的な価値を付帯させるためには、信仰に加えてもう一つの概念が必要になるようだ。

それは市民。

どうやら私と彼の考える信仰は、民主主義という仕組みの中にそれとの見事なまでの連関性を見つけることによって、最終的な完成へと近づいていくようだ。

Even　たとえ信仰に宗派の違いが生じ得るのだとしても、市区町村という枠組みで万人を捉えることができるのであれば、そこでは異邦人でさえ対等な扱いを受けることになる。おそらくは、信仰が血統による諸事情を完全に制覇した時、真の民主主義が（各々の地区における）集会所のような象徴的な施設の建設とともに、信仰と政治との一体化にようやく着手することとなるのであろう。

宗派とは、それ自体があまりにも民族主義的でありすぎたのだ。

Even　それは均衡のことであり、したがって無差別のことである。そういう意味では彼の旅は永遠に続くのであり、私もまた、いずれ彼と同じような道を歩むこととなるのであろう。

最後にこう記さなければならないのであろう。

文明が、効率性と利便性の担保を、その究極の理想とする限りにおいて、個はゼロから離れていく。足は地に着いている必要はなくなり、手は指先だけの感覚以外を必要としなくなる。そして私たちは「汚れ」なくなる。

――手を汚せ

確かに彼は、最初そう言ったのだ。手を汚せば汚すほど、私たちは回帰していく。だが文明は、やがて幼少期の記憶からも「汚れ」を奪っていくであろう。そこにある効率性と利便性の値と同じだけの個性によってのみ、未来にあるべき均衡は担保される。しかし私は、「汚れ」とは無縁の利が、古典の価値を大幅に凌駕することにより生じる偏りが、やがて私たちからhomeを奪っていくことに、大いなる危惧を覚えるのである。

最後に、
個性とは存在のことである。

作者によるあとがき

この作品は、私が22年間の闘病生活の後、自らの人生を再建するその過程において、半ば意図的に、そして半ば偶然に到達した精神的な境地である認識革命とほぼ同時進行で、書かれたものである。
病を克服した私は、誰もがするように、自己分析による再発防止に日々努めていた。

なぜこうなったのか？
なぜ治癒にこんなにも時間がかかったのか？

しかし絶望を経験しているからこそ、そこに理由を見つけることができれば、もしかしたら、失われた時間の多くを取り戻すことができるのではないかと考えたのだ。
そんなことあるはずはない。冷静に考えれば、そういう結論になる。ところが認識革命によって、私は多くの「まさか」をまるで運命の悪戯のように経験することとなった。言うまでもなく、認識革命が中途で頓挫すれば、そこでこの作品は終了することとなったはずだが、ついにそうはならずに完成に到った。

確かに現時点では、私の認識上の革命的変化の行く末を楽観視することは、到底できないのであろう。だが私と同じような経験を、その人生の途上で経験し、またそのことで今も尚苦しんでおられる方がいるのであれば、もしかしたらそういう方々の精神的なサプリメントにこの書がなるのではないか、と考えることも、おそらくはそう的外れではないとも、私は思うのである。

なぜならば、この書には、そのような人生を歩んだ人がもしかしたら一生背負っていくのであろう精神的な負の要素を、その重要なモチーフとしているからである。

喪失をこの書の重要なモチーフにしていることについては、信仰がその後に続くワードとして描かれている以上、それほど不思議なことではないが、おおよそ個が予定されていた軌道を（大きく）逸れるということが決して珍しいことではない以上、私たちはたとえ万事順調であったとしても、やや大袈裟に言えば、哲学的備えを常に怠ってはいけないのではないかという気がするのである。

明日は我が身、いったい誰が、この言葉を他人事と片付けることができるであろうか？14歳の少年少女でさえ無理であろう。ならば個人的であれ歴史的であれ、間違いなく（そう言い切っても差し支えあるまい）生じるであろう喪失を前提の上で、私たちは日々のスケジュールを組み立てていくしかないのではあるまいか。

だがここで深刻になりすぎると、人生の意味を問うこと自体に虚しさが募る。

ではどうすればよいのか？

なるほど私は、ここに私自身の現時点での結論を述べることで、（私を含む読者すべての）希望の端緒がそこに開かれることを暗に期待しているわけであるが、しかし最終的には、この一連の過程を繰り返していくことでしか、私はそこに日々の安心材料を発見することができないのであろう。そのように考えると、この書を誰がどのように解釈しようとも、それは個々人の完全任意ということにしかならないということになるのであろうか。


だがおそらく希望はある。

一つは未来の中に、そして今一つは、回帰の中に。

もしかしたら、いつか訪れるかもしれない認識革命の最終章を、それとなく待ち望みながら、私はこの書を終えようと思う。


最後にここに登場した彼の名前を記しておこうと思う。

なぜならば、いつか彼が、または彼に似た人物が、私の少なくとも認識上に再び現れるのではないかという気がするからだ。

そしてその時、この書のモチーフである喪失、そしてそれに続く信仰への目覚めが、奇跡的に普遍性を帯びることになるのかもしれない。

彼の名前はノア。

とりあえずそういうことにしておこう。聖書にも登場する名前なので、このような書でその存在を定義する際には好都合であろう。

では皆さん機会があればまたお会いしましょう。

2020年5月10日

最後の最後に

さて以下記す文章は、この書を完成し終えた後でしか書けない、つまり本来であれば、読者または評論家などの作者以外の第三者によって記されるべきものである。では、なぜそのような文章を作者である私が、ある意味余計なお世話で書き加えるかというと、この書が自費によって出版されることになっており、それ故にすでに幾つかの指摘を頂いているからである。

つまり自費であるがために、当然その読者として想定されるべき人々も、そうではない出版物とは区別して考える必要があるのである。

したがって以下記す文章は、すでに本文を読み終えて、且つ十分な満足感を得ている読者には、まったくもって余計なものでしかないことをあらかじめお断りしておかねばなるまい。

読書を習慣としている方々からすれば、このような自己解説は不必要なのであろうが、やはり自費出版という性格上、ここは例外的にではあるが、最後の最後にという（奇妙な）別枠を設けた方がよいと考えたのである。

今日は２０２２年７月３日である。順調にいけば来年の２月には無事出版の運びとなるであろう。昨日までの編集において、頂戴した指摘は概ね以下の二点である。

①ノアなる人物に関する外見上の描写が乏しい。

②「私」のノアなる人物に対する反論が乏しい。

その通りである。本来であれば、ここは本文にいくらかの訂正を加えたうえ編集作業を進めるべきなのであろうが、ここ数日、本文を読み直してそれはあまり適当ではないということに気付いた。すでに皆さんはお気付きであろう。この書は小説の体裁をおよそとってはいるが、実際には作者である「私」の単なる孤独の肖像でしかないのである。にもかかわらず登場人物がさも二人いるかのように装っているのである。なるほど擬人化された、内面にあるもう一つの個性に、論理的に反駁することで、より哲学的に体系化された世界を構築することは、一つの読み物としては興味深いものとなるのであろう。

しかし、結局は孤独の肖像に過ぎない、それ故孤独な作業に過ぎない文章の作成は、単なるガールフレンドとの疑似恋愛を想像するよりもはるかにわびしいものであり、そこにモデルすらいないのに、なぜそのような思いをあえて私はしなければならないのかとも思うのである。

私の身長は170センチであり、体重は65キロである。髪は短くも、長くもなく、また染めてもいない。そこにモデルがいない以上、ここで何らかの描写を試みるには間違いなく私、ノア以外の三番目の人物が登場してこないと、やはり書全体のバランスとしては難しいのではなかろうか。しかし、その三番目の人物（ここでは仮にサードと呼ぶ）を登場させると、孤独の肖像であるからこそ成立している、私イコールノアの思想の体系に、おそらくはある種の揺らめきが混じると考えられる。ここは1984年のアメリカ映画である『アマデウス』を例にとると、少しわかりやすいかもしれない。あの映画の登場人物はほぼモーツァルトとサリエリの二人であり、それ以外はあまり印象に残らない。ところがこの二人はまったくの別人物であるにもかかわらず、そして天才イコールモーツァルト、凡才イコールサリエリの対比を描いているにもかかわらず、青年時代のサリエリの描写がほとんどないのである。ところが映画としては立派に成立している。なぜか？

観客が興味のない部分のすべてを省いているからである。

それでも3時間に及ぶ大作になっているが、しかし観客の何割かはモーツァルトに関してはともかく、サリエリに関する予備知識はそれほど持ち合わせていないはずである。ならば途中サリエリに関する描写（章）を一定量差し挟むべきなのではなかろうか。しかし実際にはそれはないのである。

おそらくはこういうことであろう。構成上一見不備に思える部分があったとしても、全体のバランスが整っていれば、それを見る者、読む者が気持ちよくそのための時間を消費することができることの方が、一作品として優先順位が高いのである、と。

もしこの小説にサードが登場していれば、果たしてどういう展開になっていたのであろうか。途中、彼（ノア）は結婚しなければならないという文言がある。ということは、サードは女性でノアが何らかの好意を寄せる人物でなければならない。そして、サードの描写をうまくノアの描写と絡ませることで、ノアが私とは別の人格を持つ人物として浮かび上がり、そこに独立した動きを加えることができるであろう。またそうすることで、ともすれば平面的、記号的とも受け取られかねないこの書の内容に、アクセントをつけることができるかもしれない。ここは漱石の『三四郎』の最後に、突然登場してくる女性を例にとることも可能かもしれない。しかし、そのように話の筋を持っていくと、孤独の肖像としての色合いは間違いなく薄まる。果たして、それでこの書は完成するのであろうか?

先ほどの『アマデウス』の例で言えば、「不必要な演出はいらない」ということになるが。

「私」は孤独でなければならない。ノアも同様である。自分探しに成功し、複雑な過去があるにもかかわらず、次の一歩を模索している。そして、そこに登場してくる第三の人物は愛すべき伴侶である。

孤独である以上、彼(ノア)は幸福を語る者ではあるが、まだ幸福ではない者でなければならない。サードが出てくると俄然幸福が現実味を帯びてくるために、もしかしたら一部の読者に生まれているかもしれない共感が一気に冷めてしまうのではなかろうか?

私はそれの方を恐れる。

私の現状は変わらない。では社会の現状は変わっているのであろうか?

ここもクエスチョンマークである。

ならばあくまでも認識を事実に優先させることで、単なる孤独の肖像に過ぎないこの作品に、何らかの普遍的な要素を織り交ぜようとする試みの方が有効なのではないかと考えたのである。

なるほど、サードを最後の方に登場させて、以下のように展開させることも、もしかしたら可能かもしれない。

彼とサードとの出会いは偶然であったにもかかわらず、彼はそこに仄かな運命を感じ取っていたようだった。なぜならば、彼が期待していた通り、サードは彼が過去を清算するうえで欠かせない、善的な懐かしさを纏っていたからだ。それはそこに漂う精神性だけではない。その風貌や言葉遣い、さらに言えば彼女が今取り組んでいることなど、彼女を表現すべき主な要素のすべてが、彼の現実的欲求のほとんどに叶うものであり、彼が彼女と会話している姿を最初に目撃した時にすでに私は、彼は間もなく私を必要としなくなるであろうことを悟った。

また、次のような側面をノアから引き出すこともできるであろう。

サードを所有することで、彼はその過去に対する勝利を確定させようとしているのかもしれなかった。二人きりでいる時にしか見せないその表情に、しばしば私は彼の本音を垣間見ていた。彼はこう自身に言い聞かせることで、少しだけ昨日よりも「普通」に近づくことができていたかのようだった。

「克服すべき過去があったからこそ、今の自分がいるのだ」

もちろん、この後もしばらくノアとサードに関する描写が続くわけであるが、そして、ここでおそらくは思い出したように彼の描写を合わせて書き加えることもできるはずであるが、しかしそれは単調なストーリーに広がりを持たせることに成功こそすれ、自画像的な展開をこの小説に期待していた方々からすれば、興醒め以外の何物でもあるまい。あとがきの項に「またいつか彼（ノア）に会うことができるような気がする」ともあるのだから、彼の結婚等についてはその時に記せばよいのではなかろうか。私はそう考えるのである。

孤独の肖像、つまり自画像というものは面白くなくてよいのである。同じような境遇にある人が「私は一人ではない」と思えれば、それでよいのではなかろうか。

以上が上記した疑問二点に対する私の返答である。この部分が言ってみれば「ネタバレ」のような余計な説明であることは重々承知しながらも、一文筆作品に関する単純なセオリー上の疑問もクリアしておくべきだとも考え、あえてこれを付記した次第である。なにとぞ読者の方々のご理解を賜りたい。

心の軍隊

はじめに

ここに私が記す文章を、どうか私の単なる空想の産物と捉えないでいただきたい。ただ私は、私の存在の証のようなものを投影させるべき対象を日常の中に求めることによって、未だに埋もれたままの個性の神髄の何割かを発掘しようと努めているだけなのである。ここには衰えを知る者だけが持つモチベーションへの飽くなき追及がある。だが本文を読んでいただければわかるように、分析は、ただそれだけでは何ら動機をその主体に与えることはないが、しかし彼が何らかの法則をそこに見出した瞬間、それら分析の結果は水先案内人としての役割を演じ始めるのである。

おそらくはそういうことであろう。青春の日々においてインスピレーションが発する幾つかの符号が、数十年後、特に喪失を伴う彼の経験の幾つかと奇妙なまでに符合すると、ボタンの掛け違いとしか認識されていなかった若き日の後悔が、見事なまでに解消へと向かうのである。

私はこう思っている。

何らかの、しかし普遍的な条件を整えることで、過去を清算することは可能である、と。

いわゆる幸福論とは、未来に横たわる暗闇に、一縷の望みを模索することの中にではなく、煩悶せざるを得なかった過去の蟠りに自ら終止符を打つことの中にこそ、構築されるべきものなのであろう。したがって、幸福をキーワードとするのであれば、そこには一定の経験に裏打ちされた洞察があって然るべきなのである。

つまりこの書の主人公は五十代でなければならない。そして彼はもう一度チャレンジしなければならない。

人生というものを、幸福を基準に考える時、多くの喪失を経験している五十代にとって、ある瞬間に生命の最終章に向けての何らかの踏み込んだ決断をすることは、まったく不思議なことではないのであって、それは進学、就職、結婚と比較的順調に人生を歩んできた者であってもそうは変わるまい。

まだ体力的にも若さの喪失から多くの時間を経ていない五十代にとって、最も恐ろしいことは周囲から「過去の人」として扱われることである。

そこに若さの喪失がある以上、ここに必然性を認めないわけにはいかないが、長寿の可能性が現実味を帯び始めているのであれば、五十代の決断というものはその社会においては長期的に有効な価値を有すると考えることができる。

なぜならば彼らの決断が、おそらくは二度あると考えられる人生の新しい基準となるかもしれないと考えられるからだ。

前半の五十年と後半の五十年。

ではその折り返し点はどこか？

僭越ながら、以下私が記す文章は、もし読者が五十を過ぎても尚、または多くの喪失を経験しても尚、新しい挑戦を試みようとするのであれば、おそらくは何らかのそのためのヒントを得られるものであり、まだ青春を生きる者が読むものとしてはやや不適当であると考えることができるのであろう。

ここまで断ったうえで先へ進みたいと思うが、上記条件に当て嵌まる読者であったとしても、この私の回想録は間違いなくやや奇異なものとして読者の目には映るであろう。

なぜならば、ここには宇宙人が出てくるからである。

正確には自称宇宙人であるが、このロイという名の宇宙人は、ある日突然私の視界に飛び込んできて、一定期間そこに居座り、私の時間と意識のほとんどを支配し続けた。

ではなぜ私が、彼のそのような振る舞いを黙認したかというと、私がちょうど人生の岐路に立たされていて、何らかの打開点を模索しているまさにその時に彼が現れたために、そこにある種の運命を見出してしまったからである。

ここは非常に重要な箇所である。彼の言うことのすべてが正しいわけでは無論ない。だが、そのタイミングが何とも絶妙だったのである。ここは人生経験の乏しい若者であってもいくらか理解できる部分ではあるまいか。

未来を信じるのであれば尚更のこと、瞬間というものが持つエネルギーには、そこに「賭け」の要素が加わるにもかかわらず、決断を促す何かがあるようだ。

彼はあまりにもその瞬間に上手く嵌まりすぎていた。だから、私は彼が「私は異星人であるが、私用でここにしばらくの間立ち寄っているのである」と言った時も安易にそれを信じてしまったのである。

なるほど、以下の文章のすべては記憶というよりは記録なのであろう。だが、にもかかわらず、それは私が新しい扉を叩くには十分すぎるほどの衝撃であった。彼の最初の言葉は、その時の私にとってあまりにも象徴的であったのだ。

――棘(不都合)を愛せ

実は、この言葉は、私自身が五十近くになって、人生の折り返し(点)を感じ始めた時に、すでに私の脳裏に浮かんでいた言葉だった。そして、ほどなくしてこの自称宇宙人が現れた。そう、彼こそ第二の人生に突入した私の最初の「不都合」。

だが、それでよいのである。私は「不都合」が起きることを求めていたのだから。

今にして思えば、この自称宇宙人は神の使いであったか？

思いつきに過ぎない私の箴言に、もしかしたらこのロイなる男は証明書を発行しようとしていたのかもしれない。

単なる閃きが、にもかかわらず昇華して真理に達するためには、きっとその企みを上手にやりくりするための共犯者が必要なのであろう。それは聖人のような人物ではなく、むしろ「俺は異星人である」などと言い放つ怪しい男。

当然誰にも紹介できず、また必要な時以外は来ないでほしいと思いたくなるような文字通り招かれざる客。

そういう意味では、この記録は一工夫加えなければ読み進むことの難しいものとなるのであろう。

何とも奇怪なプロローグである。

だがそれでもこう言うことはできるであろう。

これは私の生命の記録である。

1　出会い　おそらくは偶然による悪戯

例えば病などの負の要素によって日常に多くの制約が課されている時、服薬などによる漸進的な回復に期待するのではなく、一瞬のインスピレーションによる飛躍に打開の一歩を模索するといった試みは、おそらくはそう珍しいことではないのであろう。そしてそれは極めて主観的な、言ってみれば個性の再構築を図ることによる、時に利己的な「生のための主張」を展開することである、と定義することが可能であろう。

そのことに気付いた瞬間、時間は意味を失い、個の意思によってのみ構成される空間が唯一価値を持つ存在として、スタジオとかアトリエといった言葉と伴に意識されるようになる。そしておそらくは、この方法に依らない限りは、彼は時の流れに翻弄され続けるしかなく、常に時勢の二、三歩後ろをついていくということになるのであろう。

客観的な数値による説得は、喪失による原状回復のための努力には何ら意味を持たないということがわかった時、奇怪なる現象というものは、にもかかわらず彼の意識の大半を支配し、あらゆる反対意見を押しのけて、彼に十年先でしか報われない一歩を印させようとするのである。

あの男はまさにそのようなタイミングで私の前に現れた。私からすればそれは最悪のタイミングであったが、しかしどのように考えても、このタイミングでしかありえなかったのだ。

この自称宇宙人は初対面にして、すでに私に二つの言葉を想起させた。

一つは「またか」であり、今一つは「まさか」である。

通常、このような場面で用いるべき言葉は運命であるが、しかし私がこの時連想したのは以下の言葉であった。

連鎖

この言葉は、私の中では実に喪失と密接なつながりを持っている。喪失が何らかのインスピレーションをもたらす時、そこには必ずや一定の負の連鎖が認められるのである。が

しかし、それが明らかに負でしかないと思えるような場面であっても、それら負の連鎖に

関連性が認められる時には、私は間違いなくこう思うのである。

負、にもかかわらずよい

そう、このロイという男との出会いは、まさにそのように私には思えたのだった。

これは奇妙な出会いであって、奇跡的な出会いではない。自称宇宙人なのだから当然ではあるが、「まさか」と「またか」を想起させたが故に、ロイは私の中におそらくは眠っているのであろう未知の可能性を気付かせてくれるかもしれない存在として、私はほぼ瞬間的に、とりあえず彼を肯定することにしたのである。

ここである告白を私はしなければならないのであろう。私はこのロイに出会う数か月前まである病で通院していた。つまり病み上がりの状態で彼に出会ったことになる。通院期間は22年であり、この長さが病を克服したにもかかわらず、リカヴァリーのためのハードルの高さ、または多さを痛感させていた。

薬を飲む必要がなくなったのだから、薬の副作用に苦しむこともなくなり、私は少しずつでよいので、かつての自分を取り戻そうと、思い出すこととともう一度チャレンジすることを日課にしていた。

当然ではあるが、薬の副作用が消えてからは明らかに身体が軽くなったように感じ、それは一方では私をより行動的にしたが、また一方で、薬を飲まないことで病気が再発するのではないかという思いに襲われることにもつながった。

だが最も私を勇気付けたのは、薬の副作用がなくなったことで生活のリズムが安定し出したことだ。もちろんまだ十分ではないが、以前に比べると倦怠感が大幅に減退し、昼夜逆転の恐怖感からかなり解放されることとなった。

最後の三年間くらいは飲む薬の量もかなり減ってはいたが、薬の服用が一日一回とゼロでは正直な話、雲泥の差である。やはり健康を害することによる損失というものは、それを経験しなければわからない部分が実に多いということなのであろう。

そしてロイは、私が少しではあるが安心を手に入れ始めた時に、何とも絶妙なタイミングで私の前に現れたのだ。

おそらくはこのタイミングでなければ、彼が私に「負、にもかかわらずよい」を感知させることはできなかったであろう。そういう意味では、運命という表現もそれほど誤りではないのかもしれない。だが、彼の最初の言葉「私はホモサピエンスではない」が私の感覚にその瞬間、実にうまく嵌まったのである。

彼は外見上、私たちとまったく変わりがない。だから、ふつうそのように言われても、それを冗談としか受け取らないはずだが、その時、私はそれを100%信じたのである。それを22年間の病から回復した直後だったからと説明することも、もしかしたら可能なのかもしれない。その瞬間、私の中で何かのスイッチが入ったように感じた。もちろん、彼を「私の兄弟をついに見つけた」と思ったわけではない。すでに記したように、彼は私にとっては負の存在でしかないのだから。


だが私たちは間違いなく、正ではなく負の連鎖によってこそ多くを学ぶ。だからこそ、この奇妙な異邦人は、最初からある法則のようなものを携えていたと考えられるのである。

この時点では信仰はほぼ無関係である。知的に一定の条件を備えた敏感な者であれば、おそらくは負の連鎖によってこそ、「俺の場合はこうでいい」と言うであろう。特に私のように病を経験した者は、個性をほぼ常に効率性に優先させることで、難局を乗り越えてきたという自負がある。客観的な数値をすべて無視するわけではないが、「自」と「他」の峻別、及び「所有」と「使用」の区別を明確にすることがいったい何をもたらすのかについては、個性の肯定なしには理解しえないのではないかという確信にも似た思いがある。この辺りはこの書の後半においてクローズアップされるべき部分であるので、ここで幾分かこだわりを持ちたいところだが、それが薬であれ何であれ、処方されるなどして他（or よそ）から自らの手元へと下ってきたものに関しては、如何なる理由がそこにあろうとも、自らが遭遇する困難の解決のための決定打にはならない、ということをここでは強調したいのである。もちろん私は、家族や関わった精神科医のすべてに、深い感謝の気持ちを抱いている。にもかかわらず、私は自力でこの病を克服したとここで言い切ることができる。いや、病というものはそういうものである。深刻さが増せば増すほど「おかげ様」の出番は減る。残酷なことに、苦しいのであれば尚更のこと、それは自分で何とかするしかない。だから、子供などが入院している様を見ると何ともやり切れない気分に誰もがなるのである。すでにお気付きのように、この書はそのような、ある意味、宿命を背負った人々のためにこそ書かれている。だからこの自称宇宙人のロイなる男の、空想極まりない戯言が、私の実体験と見事に融合することによって、ある種のインスピレーションを、苦境にある人々に喚起することを私は狙っているのである。

物理的には水と油が混ざり合うことはない。だが、個性をその中心に据えた場合は、まったく異なる様相を呈する。最終的には、水と油故に、離別をもってその化学反応は終焉を迎えるのであろう。だが、そこに奇跡的な瞬間を見ない限りは、きっと病を克服することは難しいとも言えるのである。ここでいう病には幅広く解釈した場合、コミュニケーションからの逃避も含まれるのであろう。物理的精神的な孤立と、心の病には密接な関係がある。私たちホモサピエンスは、コミュニケーション可能な哺乳類であったからこそ文明を築くことができた。そこに何らかの理由で亀裂が生じた場合、それは個人のみならず社会的にも目には見えない分断を生むのであろう。ここは情報収集能力よりも対象を俯瞰できる洞察力が必要な箇所だ。

ロイはこう言っている。

――この世の総量は常に一定である。

彼は宇宙人なので、いわゆる宇宙というものを、私たちよりも多く知っていると言いたいらしい。彼が言うには、いわゆるこの世は、見えるものも見えないものもすべて神によって創造されたものによってすでに満たされている。つまり今後新しく創造されるものはない、ということである。ではなぜそう見えないかといえば、それは光の効果がまだそこに及んでいないからだ、という。光には速度があるので、いわゆるこの世の端にそれが到るまでにはまだかなりの時間が必要であり、光が及んでいない地域は、言うまでもなく真っ暗であるから、どんなに科学技術が進歩しようとも観測不能なのだと。

　つまり彼が言いたいことはこうである。

　神は最初に空間を創り、その後光（速度と熱を担保する）を創った。ということは、万事何事につけ、物事には順序があるということである。

　ここは創世記の「光あれ」の箇所と符合している。そういう意味では、単なる戯言というわけでもなさそうだ。だがこの説に従えば、空間は闇で時間が光ということになるのだろうか。

2　問答　実に観念的な

　彼は言う。

――暗闇を進む時に必要なものは何か？

私は答える。

懐中電灯かな？

――違う、アンテナだ。

なるほど暗闇はどこまで行っても暗闇なので、明かりは意味を持たない。

――では光ある時に必要なものは何か？

地図。

――間違いではないが正確ではない。答えはコンパス。

ではアンテナとコンパスの共通ワードは何か？

方位である。

では方位によって何がわかるのか？

それは現在地である。

北極点に到った場合、四方すべてが南である。

ロイの話はとにかくスケールが大きい。いつも遠くの話をしてくる。だが、それも皆彼が宇宙トラベラーであると仮定すれば納得がいく。彼は、彼も私もすでに常に永遠の中にあり、だがしかし、それを話すと預言者と間違われて思いもよらぬ差別を受けるので、他の惑星でも相手を選んで話しているのだという。

私は彼に訊いた。

宇宙を知れば神を知ることになるのか？

彼は答えた。

――私はその答えを知りたいがために、今ここにいるのである。

なるほど。

すべてに終わりがあるのに一つだけ終わりがないものがある。それは旅である。それは、もしかしたら神もまた旅をしているからなのかもしれない。

彼は決して預言者ではない。なぜならば戒律について語ろうとしないからだ。彼は神の啓示を受けたわけではない。ただ彼なりの人生哲学を、彼を理解する上でのキーワード「俯瞰」を絡めながら語っているだけである。

空間には果てがあるのに時間にはそれがない。なぜならば時間は戻ってくるからだ。行った者（もの）は必ず戻ってくる。だから私たちは「待つ」必要があるのだ。

待つ

これもまたロイを理解する上での重要なキーワードだ。彼は「行く」「帰る」に関しては、「帰る」の方がより重要だと考えているようだ。つまり帰還することを前提としない限りは、進むことには何の意味もないと。「行く」に10年を要した場合には、「帰る」にも同じだけの年数を要することになる。つまり20年である。もし明確に対象を捉えることができない場合、「行く」に結果的にせよ多くの年月を要した場合は、「帰る」が覚束なくなり、すでに生じているはずの「行く」による成果もまた水泡に帰してしまう、と。

だから時間は必ず戻ってくるのだ、と。

そうでなければ、この世が成立しているはずがない。

私たちが経験しているもののすべては、この「行く」と「帰る」のセットを少なくとも一度は終了したものばかりだ。だから、そこには成立があり、私たちはそこに成立した秩序を完全に信用することができる。ならば私たちの人生、つまり未来もまたそうであるべきだ。未来は不確かなものだが、「すべては行って帰る」ことを絶対前提としたうえで、計画を立てるべきである。

どうやら早くもロイが常に留意しているワードが登場しそうである。

それはhome

ぼくには帰るべき場所がある。だから、故郷から遠く離れていても、淋しくはならないのだ。

帰るべき場所。それは心のふるさともまた同時に意味するのであろう。「皆」ではなく「私」。私のふるさと。

すでに一つだけ終わりのないものがあり、それは旅であると書いた。

なぜそうなるのか。それは、旅は一周目、二周目、三周目と繰り返されるからだ。つまりその始点か、または一周ごとの中間点のうちのいずれかが、homeになるというわけである。それをこの宇宙トラベラーは、まさに雄弁に体現しているというわけだ。

ここで視点を変えれば「行くと帰る」は、つまり「生と死」のことともいえるのであろう。そのように考えれば、死人に口なしもまた神の優しさ故のことなのか。

「行く」の罪のすべては、「帰る」によって浄化可能である。福音書の放蕩息子の件を思い起こしそうであるが、ロイの言葉が荒唐無稽であるにもかかわらず、私がどうしてもそれを蔑ろにできないのは、やはり私が22年の闘病生活の間に、宗教心に目覚めたということが大きく関係しているのであろう。

俯瞰する、つまりミクロではなくマクロ。

ここでの対象は人生であり、人類であり、またこの地球という惑星を含む宇宙そのものである。

すべての成り立ち。

もしそこに安心、安全が保障されているのであれば、私たちは何も畏れる必要がなくなるはずである。

では、その保障された状態における最高監督者は誰か?

なぜ旅には終わりがないのか、それはこの問いに対する答えを私たちが確信することが、現時点に於いてはほぼ不可能に近いからなのであろう。

私たちは、自身のhomeを見つけるための旅を日々繰り返しているに過ぎない。ここに来るべきワードはrepeatであり、resetではない。ここはマクロの立場をとる以上実に重要な箇所であり、時間は必ず戻ってくるという観点からも譲れない部分である。

なぜhomeがこの書の重要なキーワードになるのか、それはhomeの主語は常にmyであるからだ。

My home

「皆」ではなく、「私」であるということ。ここは、すでにお気付きの方もおられるであろう、もう一つのキーワード信仰が垣間見える箇所でもある。


ロイは言う。

文明というものは、「主語が『私』であるもの」と同じだけの角を持つことによって成り立っている。

つまり、そこに100億の「主語が『私』であるもの」が存在する場合、その文明は100億角形ということになる。

この「主語が『私』であるもの」とは、言うまでもなく個性のことであるが、彼はそれをもうちょっと根源的に考えているようだ。

つまり、シミュレーション上二つ以上存在しうるものは、この定義に収まらないので、彼はここに芸術と宗教を絡めようとしているように見える。

ロイは言う。

――おそらく芸術の歴史は宗教の歴史よりも古い。なぜならば、文明は私たちが事実よりも認識を優先させることにより始まったと考えることができるからだ。そのように考えると、私たちが最初に見たものは神ではなく美である。だが美はしばしば共有不可であったため、共有可であった神が結果的に優先された、と。

ここで、この書の最初の論点が整理されようとしている。100億角形の角にあたるものが個性であり、美を認識するものである。そして100億角形の中心にあるものが神であり、認識を事実に優先させることにより、必然的にそこにあるものとして対象化することができるものである。神が「そこにある」ものであるのに対して、美は「巡るもの」である。このように考えると神をhomeと、また美を旅と定義することも可能なのかもしれない。事実、旅をしない芸術家はいないであろう。旅をしない者は最も芸術から遠い者である。

ロイの発言は実に示唆に富んでいる。確かに、そこにあるのは状況証拠だけで単に推論に推論を重ねているにすぎないのだが、もしそれを確認することができないのであれば、おそらく私たちはロイが立てているような仮説を可能な限り検証していくしかないのではなかろうか。旅をしない者が権力を握った時、文明は少なくとも当面の最大の危機を迎える。だから、ロイが宇宙トラベラーを名乗っているにもかかわらず、私はそこにある種の符合を見るのである。宇宙トラベラーとは、言ってみれば永遠の旅人。神が永遠の沈黙を貫く存在なのであれば、私たちは永遠の定義をどこに求めればよいのか？

それが芸術である。

ここは、スキルについてはとりあえず二の次でよいのであろう。つまり、「違いが判ること」がここではすべてである。では、そこにある（わずかな）差異を見逃さない者は、果たしてどのような人物なのであろうか？

私は、この点において、ロイの発言を実に細かくチェックしていた。なぜならば、彼は「私はホモサピエンスではない」と断言していたからだ。ならば彼は、そのような人物を定義する際の、不可欠なキーワードを言うことができるはずである。

「神々は細部に宿る」

この言葉は真実というものの本質をうまく表しているようだ。もし事実がすべてならば、このような表現があること自体に違和感を覚える。

もし私たちが時間の推移の中にのみ価値基準を置くのであれば、すべては過ぎ行く（anything goes）のだから、そこにある価値は如何なるものであれ、一定の時間の経過後はreset されることとなるはずである。そして reset 後は、次の担当者たちによって原則新基準がそこに適用されていくことになる。したがって、事実を認識に優先させた場合は、循環とは同じことの繰り返しを意味することにしかならないということになる。そしてここに来るべきワードは、repeat ではないとロイは言う。

——それは loop である。

ここで、repeat と loop の違いについて、明確にしておかなければならないのであろう。Repeat とは、認識を事実に優先させることによって生じる精神の運動の状態をいう（時に不規則に動く）。そして loop とは、事実を認識に優先させることによって生じる日常の（規則的な）動作の状態をいう。両者の違いを、ロイはカスタマイズというワードを使って説明する。

Repeat にはそれがあるが loop にはそれがない、と。

ここで再び個性が出てくる。ロイは個性を「面倒臭いもの、厄介なもの」と定義しているが、ならばここで、事実を優先させることと、認識を優先させることとの違いもまた明確化可能なはずである。

認識を優先させるとは個性を優先させるということであり、事実を優先させるとは効率性を優先させるということである。

ロイも私も「文明の第一歩は芸術による」という点で意見の一致をみている。したがって、ここはお互いにこだわらずにはいられないところだが、文明の第一歩は芸術に依るにもかかわらず、文明の歴史は効率性の追求の歴史でもある。それは、私たちホモサピエンスがおそらくは弱いがために、生きていくためには、必ずや共同体を形成せざるを得なかった、というところにその原因があるのではなかろうか。

効率的に生活を営む。

そのために、私たちは時間という概念を作り上げた。もし時間が午前午後と分割されなければ、おそらくは分業もまた成立しなかったであろう。対象を捉える、仕留める、そして解体する。弱い私たちは、分業を成立させることによって、それらの一連の流れを、可能な限りスムーズに進行させることに日々腐心してきた。そしてそれは、その大枠においては今も何ら変わりがない。だが、いつしか私たちは「文明の第一歩は芸術による」を思い出すことをしなくなってしまった。

ロイはピラミッドを見たと言っている。おそらくエジプトのピラミッドのことであろう。宗教上の大変革があったにもかかわらず、なぜあれは今も残っているのか？

答えは、美しかったからだ。

ここは数学的にも、と言ってもいいところかもしれないが、いずれにせよ「文明は美にその起源を見る」であるので、私たちは美しいものを、思想信条を理由に破壊することはできない（もし宗教が芸術に先んじていたのであれば、ピラミッドは破壊されていたはずである）。そして美は主観に依るため、ここに効率性をキーワードとして使用することもできない。

Repeatを中心ワードとする個性と、resetを中心ワードとする効率性。この両者はベクトルがまったく逆であり、にもかかわらず個性が誕生した次の瞬間には、真逆の方向に進もうとする効率性が誕生しているのである。

だが、とロイは言う。

——文明が飽和点に達すると、このバランスがついに崩れる。

つまり、そのエネルギー量においては個性のすぐ後ろを追随していたはずの効率性が、個性を追い越し、repeatとresetの逆転現象が起きてしまうのである。

彼はここに警鐘を乱打しようとしている。

もし文明の進歩を肯定するのであれば、私たちは古典の死を極端に恐れなければならない。

では古典とは何か？

それは私たちが作り出したものの中で、最も不動の状態に近い価値の一群のことである。ところが私たちは、時間の推移の中にのみ価値を見出すことにこだわりすぎたために、resetから最も遠い場所にあるものの価値をほぼ見失っている。

そしてロイは言う。

——君たちはやがてhomeをも見失うであろう。

ではhomeを見失った私たちはどうなるのか？


——遊民となる。

遊民、ロイはそう言う。任意性が高まれば高まるほど、個性は行き場を失う。文明の進歩は「面倒臭いもの、厄介なもの」によって担保されている。そして、それらはしばしば反スピードである。

スピードは間違いなく、エネルギーをキーワードにした場合、実に重要な役割を担っている。エネルギーは常に富の担保となりうるため、保障が確約されない限りは、古典は支持を失う。したがって、いつしか、古典を支持するために「エネルギー＝富」を、都市型ではあるがアーティスト的傾向のある人々さえもが享受せざるを得ない状況に追い込まれた。

果たして、最初にビジネスアンドアートを成功させた人は誰なのか？

いずれにせよ、その人物が財を成したがために、そこから repeat と reset の逆転現象の第一波が起きることとなった。そのように考えると、その後アートの世界で起きていることの多くは、最初の革命的成功例の模倣に過ぎないといえるのかもしれない。

ここはアイデンティティーが出てくるべき箇所であるので、古典への回帰を論じるロイと私にとっては譲れない部分である。本来、ベクトルが真逆なもの同士を、おそらくは現世的な理由である意味強引に結びつけてしまったがために、home が意味を失い、それに連鎖する形で今アイデンティティーが崩壊しようとしている。

Who are you?

そこに文明がある以上、私たちは常に自身に問いかけなければならないはずだ。

だが、この答えは自分自身で見つけるしかない。もし、「ほぼ不動の価値」である古典を見失った場合、私たちはどこでこの答えを見つけることができるのであろうか？そして、それは一個人が若さの喪失を経験した以降も有効なものなのであろうか？

アインシュタインによる有名な関係式をそのまま信じるのであれば、スピードが増せば増すほどエネルギーは増える、ということになるはずだ。しかしこの場合、スピードの対象は質量でなければならない。ロイと私が古典にこだわる理由がここにある。つまり古典が意味を失えば失うほど、文明そのもののエネルギーは衰退していくこととなる。なぜならばスピードの対象が時間になった場合、時間には質量がないために、スピードをいくら増しても左辺はゼロになるからである。

したがって、mc^2のmは質量でなければならないということになる。

文明の進歩を否定するのであれば話は別だが、そうでないのであれば、私たちは「mc^2のmは質量でなければならない」をこそ肝に銘じるべきだ。おそらくは、エネルギーを時間とスピードの関係でのみ捉えようとすればするほど、そこに待っているのは独占と独裁である。ここで民主主義について論じる暇はないが、しかし現時点に於いて文明を肯定する以上、ここは僭越ながら、ロイと私の持論には一定の説得力が備わっていると確信する。

3 インスピレーション 新たな展開

「動であるが不動である」

真に価値あるものとはそういうものである。そしてまた、文明というものも同様である。再び「事実ではなく認識である」が出てきそうだが、言うまでもなく現実（actual）とはreset不可である。だがカレンダーは制度上reset可である。したがって、12月31日の次は13月1日ではなく1月1日となるのである。

ここは実は、認識の錯誤が生じかねない部分でもある。1月1日は毎年やってくるが、その年の1月1日はその日だけである。そのため認識の錯誤に気付き始めた人（特に少年少女たち）は、それを避けるためにresetの利点を強調し、その瞬間にしかない価値にすべてを委ねようとする。だが、ここにこだわりすぎると、当然resetの対照概念であるrepeat

は相対的に価値を失う。そのことが、十代において最も必要な自分探しのための時間を喪失させてしまうことにつながるのである。反抗期とは偶然の結果ではなく、ともすればresetに囚われすぎてrepeatを忘れてしまう、十代の少年少女たちのための神による処方箋。そういう意味では、「夢や目標を持つことで雌伏（至福でもあるのだが）の時を学ぶ」は、彼らにのみ与えられた特権のはずなのだが、mc^2のmが質量から時間に変化することによって、彼らの特権はほぼ形骸化されてしまうのであろう。

ここで、古典が実は青春と密接な関係にあることが、おおよそ証明されることとなった。「動であるが不動である」は、そのまま青春時代の思い出に当て嵌まるものでもある。私たちが所有するもののほとんどは永遠ではないが、しかし青春の輝きには、それに近い何かを感じ取ることができる。14、15歳の頃の私たちは、確かに赦すことができていたのである。

夢を磨くのは現実の厳しさであって、決して同世代の友人たちによる承認ではない。ここではほぼ常に「my」が「our」を上回っている。そしてそれは幸福論的な視点からすれば、かなり高い確率で正しいといえる。ロイもこう言っている。

――自己満足は間違いではない。

もしourが主語になった場合、少数派の人々の多くは、居場所を失うか、または居場所の確保に相当な苦労を強いられるであろう。効率性よりも個性を優先して初めて、この矛盾は解消されることとなる。画家がある山の絵を描いたとして、それが事実と大幅に異なっていたとしても、それはまったく咎められるべき根拠とはならない。もし、その画家が「私にはこう見える」と言い切れるのであれば、たとえその絵がシンプルという言葉とはまったく相容れないものであったとしても、何ら問題はないのである。「事実ではなく認識」とは、つまり、唯一無二度が高ければ高いほどそれは価値を持つということである。やはり、ロイと私の意見は、芸術に対する強いこだわりという点において、ほぼ完全に一致している。そして、そこに必要なものは質量である。つまり、原則形あるものの価値を容認する、である。

ここでロイも私も、時間による価値と一定の距離を置くことを宣言していることになる。Resetではなくrepeatと言っているのだから当然のことだが、そこにrepeatがないのであれば、skillもまたあり得ないのであり、またそこにskillがないのであれば、個性もまた育まれないのである。文明を否定するのであれば話は別だが、漂泊の詩人になるだけの覚悟がないのであれば、ここは私とロイの言説にやはり分があるということになる。

エネルギーとは、富の源泉であるが、同時にそれはhomeと家族の源泉でもある。だが、ここで気を付けなければならないのは、エネルギーはスピードに比例するため、ここで幸福と豊かさを混同してしまうと、大量生産・大量消費に舵を取らざるを得なくなるということである。ここは、経済学に登場するワードであるflowとstockを用いてもよい部分であるが、エネルギーがスピードに比例する限りにおいて、また科学技術の進歩がそれに対応し続ける限りにおいて、私たちは容易にflowに流れることになる。ではflowが文明の進歩において意味しているものは何か？

それは時間である。

ではstockが意味するものは何か？

古典である。

つまりこういうことである。Flowは「動」でしかないが、stockは「動」と「不動」の両方を兼ね備えることが可能である、と。

すでに信仰というキーワードを使っているが、ここでもう一つのキーワードが登場することになる。

それは回帰

そして、回帰の先にあるものが循環である。

ロイも私も文明を肯定しながらも、そこではある種の怯懦を尊重している。そうでなければ、私たちは、科学技術により生み出されたもののすべてを必要以上に善的に解釈してしまいかねないからだ。エネルギーはスピードに比例するために、それについていける人々は尚更のこと、そこに間違いなく生じるであろう新たな富の源泉に夢中になるであろう。だがスピードが増せば増すほど、効率性が重視されるようになるため、古典、つまり「動ではあるが不動」を顧みる人々にとって、日常は日々窮屈さが増していくこととなる。

ここは、大胆さの排除を議論の中心に据えてもいい場面だ。最先端の技術に、ついていける人とついていけない人。つまり、文明を肯定する以上、一番上と底辺との格差は、必ずや俎上に乗らなければならない。だが、過度に flow が重視され続けると、うまくいけばいくほど、大胆さの排除は困難になるであろう。民主主義的に考えれば、ここで人権というワードを取り上げたとしても不思議ではないのだが、ここは、ロイが自称宇宙人ということもあり、あくまでも幸福論的な観点から話を進めるべきと考える。

どのような職業を選択するにせよ、現実的な視点を蔑ろにできない以上、私たちは、富の源泉については、ある程度敏感である必要があるのであろう。そのように考えると、ここでロイも私も、スピードの対象であるべき質量の定義について、思いを巡らせなければならないということになる。

質量とは何か?

形あるものである。

形あるものとは何か?

唯一無二になり得るものである。

唯一無二とは何か?

それは個性である。

ここで、なぜ、自称宇宙人であるロイなる人物が、この書に登場しているのかが、朧気ながらではあるが、明確になり始めた。もしロイがほんとうに宇宙トラベラーであるならば、彼はこの地球という惑星を、また、私たち人類を、私たちよりははるかに俯瞰することができているはずである。ならば、スピードを巡る時間と質量の関係についても、新たな富の源泉となりうる文明の利器に目を奪われやすい私たちとは違って、もっと本質的な分析が彼にはできるはずである。

それは、普遍性の宿る謎解きであり、また種明かし。

そして、そこに来るべき言葉は、神に準ずる価値を有するはずの言葉である。

なぜ、そして何のために、私たちは神を信じるのか?

ここに、神に準ずる第一のワードが来る。

それは、真実（truth）である。

そこにあるのは夢か、職業か、それとも結婚か、いずれにせよ、自分の未来が上昇曲線を描くことを望むのであれば、私たちは、そこにある真実を追求し続けなければならない。私たちは、自由である街を離れて、森の中に棲む預言者の言葉に耳を傾けることとなる。預言者は入京が赦されないが故に、選択の自由を望むが、しかし行動の自由は必ずしも望まない者にとっては、むしろ好都合な存在である。預言者の言葉は、信仰とは無縁の者には何ら価値を持たないため、信じる者だけがそこから先へ進むこととなる。そうなった場合、彼は街からかなり離れることとなるため、おおよその場合、日々孤独を感じながら、次の一歩を進めることとなる。そのため喪失が一旦生じると、当然、リカヴァリーの問題が浮上してくるため、そこでは大胆さを排除した、つまりある種の怯懦が不可欠となるのである。

しかし、入京不可の預言者の言葉は、現実的には富の追求とは無縁ではいられない私たちには、真実追及のためのリスクの十分な担保とはなり得ない。

ではそのような人々にとって、truth と同じだけの重さ（質量）を持つべき言葉は何か？

それが第二のワード、愛（love）である。

今私は、truth と love を質量のあるものと書いた。つまり時間とは異なるものである、と。その通りである。おそらくロイはこのことを伝えるために地球へとやってきた。文明を肯定する以上、スピードこそがエネルギーの源泉となりうる。だが、質量ゼロの時間をスピードの対象に据えることはできない。したがって、ここには重さのある何かが来なければならない。確かに、ここは、気を付けなければ数値化可の要素だけが来ることになりかねない箇所でもある。それをロイは危惧しているのであり、また私もそれに共鳴しているのである。

文明下において数値化不可とは第一に何か？

個性である。

では個性とは何か？

存在のことである。

そして、存在の担保となり得るものが、真実と愛である。だが漂泊の詩人となることを望まない以上、一方で富を肯定しながらも、もう一方では「個性＝存在」の担保となりうるものが、私たちには必要なのである。

帰るべき場所があるが故に、淋しさを感じないロイは、だからこそ、真実と愛を語るに相応しい存在なのかもしれない。

神は、長さと重さとエネルギーの三つを創った。逆に言えば、その三つ以外は創らなかった。ロイは断言している。

——神は時間を創らなかった。

では時間を創ったのは誰か？

——人間である。

ロイはこれを文明の誤謬と呼んでいるが、光の速度を時間と見誤った人類は、しかし一方で、それが効率性追求の道具としては最適であることも学んだ。おそらく時間によって戦争は始まり、また時間によって市場は活性化し、また不活性化した。本来、個性もまた資本力に含まれるべき要素のはずであるが、time is money が独占に近づけば近づくほど、個性は資本力の付随的要素としてしか見られなくなってしまう。果たして、これが文明の危機でなくして何であろうか?

断っておかなければなるまいが、ロイは決して私たちの救世主などではない。ただ一宇宙トラベラーとして、おそらくは宇宙の彼方に於いて見聞したことを、私に一定の憂慮をもって話しているにすぎないのであろう。だが、それでも、彼の訴えには傾聴に値する部分があるように思える。

マクロ故に空想的。

だが、物事を俯瞰するとはそういうことではあるまいか。状況証拠を収集し幾つもの推論を重ねていく。文明とは人類の営みの結果であり、また私たち人類はコミュニケーションがすべてである。ということは、私たちの行為のすべてに原因と結果が明確にあるということである。ならば、そう推論するに足る直接的データが不足しているからといって、ロイの言説に分がないとは言い切れないのではあるまいか。そうでなければ、複数の記録を照らし合わせた結果、そこに間違いなく生じるであろう相違に私たちはどう対処すればよいのか？

映画にせよ、小説にせよ、フィクションと呼ばれる産物は、にもかかわらずしばしば人生を変え得るほどの説得力を持つものだ。ではなぜそうなるのか？

ここには、文明というものがコミュニケーションの複合的生産物であり、また私たちが「人類はコミュニケーションがすべてである」を是認する限りにおいて、私たちは、より唯一無二度の高いものを、最終到達点としていることが理解される、という結論が来なければならない。

真実は一つしかない。だが、それは、見る角度やその時の環境などによって容易に揺れ動く。つまり「動であるが不動」。だから、私たちは、古典から多くを学ばなければならないのだ。古典とは叡智の結晶であり、如何なるものであれ決して紙切れなどにはならないものだ。それは例えば手紙に似ている。親友からのものでなくとも、自筆の手紙は決して紙切れにはならない。なぜならば、そこには質量があるからだ。したがって、もしそこにスピードを加えることができるのであれば、それは必ずや何らかのエネルギーを生み出すであろう。私たちは手紙を投函する時、届くまでの日数を気にするが、その封筒の質量を気にするべきなのである。

敏感な方であれば、ここに、真実と愛がなぜその次元を一にしているのかがおおよそ理解されるのではあるまいか。やや大袈裟に言えば、ここには死後も消え去ることのない永遠の、つまり真の信仰がある。現世利益を願うのであれば、それは彼の死後生まれ来る人々には、いったいどのような影響を与え得るのであろうか？

数値化可能な財産のすべてに意味がないと言い切ることはできないが、しかし、私たちは聖書の時代の証券の価値を信じることはできない。そして、それは今から２０００年後であっても、そうは変わらないのではあるまいか。

古典に触れると、多くの人は、しばしば次のような感慨に囚われるのではあるまいか？中には１０００年を超える時間の経過がそこにあるにもかかわらず、何とそれらは今この瞬間と大差ない様式と行動の産物であろうか、と。そう、私たちはたとえそこに大河の流れのような時間的隔たりを感じようとも、その本質においては、科学技術界における信じられないほどの発見と進歩にもかかわらず、それほど変わっていないのである。だからこそ、多くの知を志向する者たちの琴線に触れ、尚且つ、それぞれの時代の荒波に揉まれた作品だけが、私たちの存在のエッセンスを、それぞれの時代の息吹とともに、現代に伝え続けることができているのである。

もし私たちの神が、一義的に、いわゆるご利益を確約してくれる存在として崇拝されているのであれば、私たちはそこに真実への追求があったとしても、それらのうち、最低限の功利的条件に適っていないものの価値は認めようとしないであろう。つまり、それらは技術的精神的に古典の仲間入りが可能な作品であったとしても、自然 reset の対象となり、商業的な理由などで復活しない限り、いつしか私たちの記憶からも消え去っていく運命となるのである。

お察しのように、ここで repeat と truth の二つが、古典を媒介として密接な関連を持っていることが理解されることとなる。Repeat、つまり回帰により始まる循環によって、いや、おそらくはそれによってのみ、私たちは真実の追求を継続することができる。そうでなければ、時間の要素を担保する幾つかの現象だけが価値を有するものとして、しばしば都市の熱情をも独り占めしながら肥大化していくのであろう。ロイさえもこの恐怖を形容するワードを知らないようだ。なぜならば、この恐怖は、ある言葉とほぼ完全に無縁であるからだ。

それは永遠。

なぜそこに永遠がないのか？

それは、そこに質量がないからだ。

そして、再びtruthとloveの出番である。もしそれらを取り戻したいのであれば、私たちはどうすればよいのであろうか？

手っ取り早いのは遅れることである。時勢に遅れる、または、それについて気に留めない。フィジカルな条件、技術的な条件、そして精神的な条件。通常、生産的という言葉は、これらの3要素のうちのいずれかを満たすことによって成立する。だが、時間を担保とする現象にはそれがない。したがって、最先端であることによって（少なくとも一定の）富を担保することとなる。しかし、時間には質量がないために、その主体はその分野の市場（market）において独占（または寡占状態）を形成することによってのみ、その目的を達することとなる。

そう、これが形容不可の恐怖である。

ロイも私も、それをよく知っている。その独占者たちは第一に神を知らない。永遠が不在であることに対しても戸惑いを覚えない。だが、なぜ死を恐れない者が、真実の追求者足りえるのであろうか？

おそらくは、真実の追求者足りえない者は文明の何たるかを知らず、故に文明を肯定するのではなく、それぞれの時代の最先端の瞬間熱にのみ生きる意味を見出すのであろう。これが頽廃でなくして何であろうか？

ロイが、神は時間を創らなかった、と断言する理由がここにある。光が担保するものはスピードであって、時間ではない。なぜならば、質量がスピードを得ることによって、おそらくはそれによってのみ、光のもう一つの要素、エネルギーが現出するからだ。もしここに、時間も当て嵌まるのであれば、時間もまた質量のあるものと同様に、カスタマイズ可能でなければならない。ではどうすれば、３６５日と４分の１という、この地球の公転の周期を、私たちはカスタマイズできるのであろうか？

１日24時間という時間は、万人に平等に与えられている。しかし、だからこそ、そこでは個々人の創意工夫の余地が、質量を有するものに比べれば、はるかに小さく狭いものとなるのである。Time freeとは、時間を最大限に使うということではなく、時間を効率的に使うということである。したがって、ここで認識を誤ると、その行為に伴う結果が以前とそれほど変わっていないことに、ある種の苛立ちを覚えることになるかもしれない。時間を基準とする限り、そこに設えられたパイ（ここでは得ることが可能な分量の最小単位のこと）の総数は変わることがないのであって、もしそこに変化を望むのであれば、「切り分ける」とか「何かを付加する」という要素がそこに入り込まなければならない。そして、それを行うのは、第一に私たちの感性であり、また想像力である。然るべき行為が時間を基準とするものである限り、最先端のツールだけが放つ薫香が途切れた時、彼の魔法もまた消え去ることとなる。そして、その悲劇を回避するために私たちが頼るべきものが古典なのである。

おおよそ私たちは三十代半ば辺りにおいて、時勢についていけなくなる。そして誰もが経験する青春プレイバックを経て、再チャレンジへと傾く者と回顧を繰り返す者とに分かれることになる。ここは少しばかり、一部の人々には辛辣な表現が続く箇所になるが、14~17歳くらいの間にいわゆる自分探しを行っていた者は、その時は夢中故の無意識故に気付かないが、青春プレイバック時においては、一定のアドヴァンテージをそうではない人々に対して持つこととなる。そのような人々こそ、回帰派と名付けられるべき人々であるが、彼らはおおよそ多感な時期において、自分が関心を寄せるモノに対するカスタマイズを経験していることが多いため、そのモノを捨てずにとっておくか、またはその記憶を何らかのきっかけによって呼び覚ますことで、restart のチャンスを得ることとなる。なるほど、回帰派は少数派であるために、日常においてそれを証明しうる人を誰であれその周囲に見つけることは容易ではあるまいが、しかし論理的には十分納得のいく仮説である。人生が

60～70年程度で終わることが通説となっている間は、ここで私が試みる分析は、あまり説得力を持たないであろう。だが人生を、１００年を超える単位で俯瞰しようと思えば、僭越ながら私の分析はかなりの程度有益と考えられるのである。

いつまでも若く

もし、多くの人々が、この言葉を共有できるのであれば、おそらくまだ restart 可能な時点において、私たちは一度 get back する必要があるはずである。確かに、ここは、かなり若い時分において、その恵まれた才能のためにその年齢とは不釣り合いとも思える結果を残している天才たちは、例外と見做されるべきであろうが、残念ながらその個性を発揮できる場をうまく見つけることができずに、ある意味燻ぶった青春時代を送った人々には、しかし、回帰派に転ずることによって、そこに人生の復活のチャンスを見つけることができるかもしれない。

ロイも私も、時間ではなく、質量の中にそのためのきっかけが潜んでいるのだと考えている。自称宇宙人であるロイは地球を俯瞰している。そのため、そうでない人々にはわからない宗教観を持っている。ここで、私たちが築いた文明に全幅の信頼を置き、それを基に過剰な楽観論を提示することも可能なのであろう。だが、文明の著しい進歩が、物質面での充実を保障する時、私たちの意思は量ではなく質に人生の意味を求めようとしないであろうか？

ここは、再び時間が俎上に乗る場面である。1日＝24時間が万人に平等である以上、時間の売買によって金銭的利益を上げることには限界がある、と言わざるを得ないのではあるまいか。なるほど、ここで物質に比重を置きすぎると、最終的には格差の問題が浮上してくるため、両者のバランスには十分すぎるほど気を付けなければならないが、ロイと私が、ここで繰り返している質量という言葉を、カスタマイズと同義であると理解すれば、新しい局面が現れるはずである。

果たして、神の意思が最後は救済へと向かうというのは、宗教的にも織り込み済みなのであろうか、それとも、そうではなく、それは私たちの単なる願望に過ぎないのであろうか？

ロイが自称宇宙人であるからこそ、このような疑問もここで成立するのである。

4　方位　direction

神の沈黙、私たちが信じる善に対して、絶対的な価値を有する証券が発行されることは決してない。したがって、私たちはそこにあるべき対象が神であったとしても、疑いながら進んでいくしかないのだ。やはり、自称ではあるが、宇宙人であるロイがこの書に登場していることには、重要な意味があるようだ。最終的には、私たちは勝利しなければならない。

では、誰に勝利するのか？

ここでは信仰がその筆頭に来るべきモチーフとなる。なぜならば、私たちが疑いながら進まなければならない以上、ここから先は、私たちは、さらに内省的にならざるを得ないからだ。時間はゆっくりと流れるべきであり、然るべき質量を持つものが、光によって担保されるべきスピードを得て、エネルギーへと昇華する。

そして、ここに生じるエネルギーこそが、真に富の源泉として見做されるべきなのである。

どうやらここでようやく、エネルギーにも通じるワードが、初めて登場することとなる。

それはフォース（力のこと、この書ではエネルギーとセットで使用されることになるため敢えてフォースと記す）である。

エネルギーにはないがフォースにはある概念。それは決定するということ。

だが、ここに「何のための」が差し挟まれないと、それは特に優秀な人々によってこそ濫用可となりかねないのであろう。人生に神による証券が発行されない以上、私たちの拠り所のほとんどは、理性を基準とすることとなる。厳密には、宗教よりも哲学に軸足を置くこの考えは、しかし、自らの人生に何らかの普遍的な価値を設定することができさえすれば、もしかしたら「エネルギー＝富の源泉」の新しい形を提示することができるかもしれない。

なぜ私たちは勝利しなければならないのか？

生き残るために。

なぜ生き残らなければならないのか？

私たちは皆次の人々のためにこそ、ここに存在しているからである。

再び時間が登場する。

すでに時間は必ず戻ってくると書いたが、ここで少しばかり修正する必要があるようだ。戻ってくるのは時間そのものではなくて、記憶と結びついた感受性豊かな頃の自分の認識。しかしそのように書くと長くなるので、時間と書いた方がわかりやすいとなる。

では、認識とは何か?

主に言葉によって成立する対象物の形のことである。だが自分探しの時期においては、まだ精神的にも幼いために、明確に言葉によって対象を捉えることが難しい。したがって四十代後半くらいから、つまり若さの喪失を経験するようになってから、十代の頃の認識の確認作業を行う必要が生じるのである。しかしそのためには、最終学歴に伴う人生の選択が間違ってなかったことが確かめられなければならない。そのために自分探しを行って、ある意味それを保険として、夢または目標をその人生の選択如何にかかわらず、定期的にプレイバックさせることで、老いを目前とした時に後悔の割合を減少させなければならないのである。

ここで、いわゆる天才(天賦の才に恵まれている)は例外であることを再確認しなければばならないが、もし彼が自分探しに成功していれば、時間（上記した意味）が戻ってきた時に、彼は思いもよらぬ秘かな喜びとともに、おそらくは一人ぼっちの時も多かったあの頃の自分に感謝することとなるのであろう。

時間は戻ってくる。

何のために？

残りの人生を次の人々のためにこそ使うために。

ここで、この書は重要な転機を迎えようとしている。自称宇宙人ロイは、俯瞰する人から何らかの意図を持って支持する人へと変化することとなる。一定の観察による、いわゆる見極めを経て、ロイは提言へと舵を切ることとなる。つまり、別れの時が迫り始めるのである。

ロイは二度とこの地球へ来ることはあるまい。そういう意味では、以下記す文言は、およそ彼の遺言。つまりこの書の最終章となる。

私たちが意志を持つ限り、訣別から逃れることはできない。ロイも私も「こうあるべき」を模索している。だからこそ、間もなく、私たちはさよならを迎えることとなる。ここは、青春時代を生きる若者たちとほぼ同じ構図となる。意志のない者は出奔を決断しない、と断ずることはできないが、しかし出奔を決断する者は、すべて意志を持つ者であるとは言い切れるであろう。彼には動機がある。そして、リスクを背負うだけの覚悟を持っている。つまり「今年を犠牲にしてでも、来年または数年後の今頃には」という秘かな企みを実行するのである。彼は時間に抗う。彼は有期の価値のすべてを否定し、可能な限り時間から分離された存在を探し始める。ここには芸術が来るが、しかし同時に愛の萌芽もまた認識されるべきであろう。年齢でいえば18歳くらいであろうか、彼は故郷以外の土地を経験することによって、正と負の割合は常に拮抗しているのであって、最終的には僅差で正を勝利させることこそが人生の目的であることを、朧気にではあっても理解し始める。

すでに、私たちは勝利しなければならないと書いたが、たとえどれほどの数勝利するのだとしても、そのすべては薄氷の勝利であることをここでもう一度確認する必要がある。文明の完全肯定ではなくとも、文明の進歩そのものは受け入れる以上、また文明はいずれにせよ進歩しなければ無価値になってしまう以上、善を信じる者は、おそらく心のうちのその葛藤（常に拮抗状態にある正を何とか勝利させること）から決して逃れることはできない。肯定的な意味で、歴史にその名を刻んだ者は、１００％この定義が当て嵌まる者たちである。

観察（observer）→自分が何者であるかの発見（discover）→提言（方位、direction）

自分探しによって、homeをおおよそ設えることに成功した者は、青春プレイバックの後、restartのチャンスを得ることによって、真に社会との関係性を築くことができるということであろう。私たちは本能の働きを、おおよそ常に理性の働きに優先させながら生きることはできない。ここに私たち人間が、他の動物たちとはついに相容れない第一の要素がある。やはり、旅には終わりがないという結論に至りそうだ。ということは、如何なるものであれ、その個人の努力が報われたかどうかを客観的に論証するということは難しいということになる。確かに、一部の古典に触れることによって、私たちの文明というものが、時間の隔たりを認識させられるほどには変化していないことを私たちは思い知らされるのであるが、しかし、私のこの意見が的を射ていたとしても、それは文明というものが、如何に進歩しようとも完成することはない、ということの証左にしかならないのではなかろうか？

そのように考えると、私たちは、ついには正が僅差であっても負に打ち勝ったと言えるようになるためには、その成否については自分自身で判断するより他ないのではあるまいか?

文明を肯定しないのであれば、表現者はその目的を達するためには漂泊の詩人とならざるを得ない、となると彼はhomeを見失うこととなるために、ロイや私の考えとは一線を画することとなる。その漂泊の詩人は、ある意味預言者なのかもしれない。しかし、彼はついに愛を知ることがない。なぜならば彼の世界には質量がないからだ。そこに質量がない場合、さまよいは決して空間の定義には成功しない。さまよい人とは、自分探しに成功したにもかかわらず回帰しそびれた人のことである。確かに、彼は才能に恵まれすぎたのかもしれない。おそらく彼は客死することとなるが、しかし、このようなさまよい人の運命は、一方で質量にこだわることによる空間の定義の重要性を示しているともいえるのである。

さまよい人には似つかわしくない場所、少なくともそれはhome以外に2か所ある。

スタジオとアトリエである。

何れも芸術家の棲家といえる場所であるが、すでに文明の発祥は芸術にあり、という点でロイと私の見解は一致している。認識を事実に優先させることによってのみ、芸術は芸術足りえるのであって、そこでは本能的、生理的要素は悉く理性的判断の前に屈服することとなる。先進的であるとはより理性的であるということであり、より理性的であるとはより芸術的であるということである。なるほど、天才は本能の裡に計算する。だがそのような天才は、歴史上ほんの僅かにすぎない。果たして、私たちは、そのような天才の中の天才の基準をそのまま日常の中に取り入れることなどできるのであろうか?

ロイと私の最終目標は成功ではなく幸福の中にある。そのためには、富の源泉であるエネルギーの再定義が必要なのであり。そのように考えると、ロイも私も質量にこだわらずにはいられないのである。そして、エネルギーはフォースとセットであり、またフォースとは決断する力のことである。

では、何のために私たちは決断しなければならないのか?

それは、第一に愛のために、である。

すでに記しているように、愛とは質量を持つものである。その意味では、手紙はその確認のために、実に有効である。ここには季節のあいさつが来てもいいが、愛を確かめるためには、そこに質量を持つものが介在する必要がある。つまり、そのための実質空間の定義が必要になるのである。

再びスタジオとアトリエが出てきそうだが、繰り返し文明の発祥は芸術にありと書いていることからも、もしhomeの定義に愛が欠かせないのであれば、芸術は実に愛と密接に絡み合っている、と考えることができる。また、私たちは、理性を本能に優先させることで、文明のさらなる前進を図ることができる。そのように考えると、結果的にせよ、まるで風来坊のような人生を送ることを望まないのであれば、おそらくは私たちは文明、芸術、そして愛の三者の最も理想的な連関というものの模索を、より深化させる必要があるのであろう。ここには、決して大袈裟ではなく、文明の開闢以来の五千余年の歴史が文字通り横たわっているのであり、そこではある概念の新たな定義、またはそのある概念の歴史の総括のようなものが必要となるはずである。

そのある概念とは、つまり神のことである。

今、私たちは、神とは何かを、学問及び宗教それぞれの矩を超えて、その新たな存在の定義について議論するべき時に来ているのかもしれない。

そして、自称宇宙人ロイである。

彼がいなければ、ここに記されているすべては空想豊かな一人物の世迷言に過ぎないのであり、彼がこの書で象徴的な役割を果たしているからこそ、この書に記されている暗示的な文言のすべてが、そこにあるべき一定の予備知識と結びついて、時に銀河的なスケールで、しかしたった一本の哲学を、私たちの後継者たちに提示しようとしているのである。

物事を前進させるためには、そこに何らかの力の作用が認められなければならない。だからこそ時間ではなく質量を持つものを優先させる必要があるのだが、その質量を持つものがスピードをより多く得ることで生まれるエネルギーによって、私たちは最終的に決断に至る力（フォース）を得ることになる。ここではその個に意志が認められなければならないために、その個は何らかの方向性をその周囲に対して示す必要がある。そして、その方向性が一般的には個性として認識されることとなる。もし、その個がその自由意思を表明するだけの権利を与えられ、また環境にも恵まれているのであれば、その個は、前進のための何らかの決断を行うために、昨日以上のフォースが必要となるはずである。

ここで、また質量が出てくる。もしその個が時間に必要以上のこだわりを見せた場合、その個が持つ個性よりも、しばしばある種の忖度の結果生まれるのであろう効率性への配慮が優先され、その個の夢、または目標への座標軸は、その割合に応じて曖昧なものとなる。

やはりロイも私も、質量を常に時間に優先させることに執着せざるを得ないようだ。なるほど、ここで質量は力（フォース）とややその機軸を同じくし始めたようだ。ここは、最終的には生のエネルギーと同化するべき部分であり、効率性への過度な配慮は、むしろご法度であろう。最短距離を進むのではなく、わざと寄り道をする。そして最終的には、明らかに経済よりも芸術が、そしてマーケットよりもサロン（芸術家及びそのパトロンが集う場所）が優先されることとなる。

果たして、目前にある社会的な不都合の解決のための効果的な手段は、何に求められるべきであろうか？

なるほど、ここは、システム優先派とモチベーション優先派とで、その答えは異なりそうであるが、しかし、おそらくは、後者の方にやや分があるのではなかろうか。なぜならば、モチベーションでは、そこに個々のカスタマイズ、つまり工夫の要素を垣間見ることができるからである。

おそらく、システムにより多くの比重を置いた場合、客観的数値に関する依存度は間違いなく高まるであろう。それは、一方で、成功のための確立を高めることにもなるが、しかし、その一方で、その個はその分だけその個性を反映させるための領域を失うことにもなるであろう。ロイも私も、「事実ではなく認識」を何度も繰り返している以上、ここでは幸福を強調せざるを得ず、主観的判断に価値基準を委ねることを是とする、ことになるのである。

おそらくは以下のようにいうことができるであろう。理性により多くの判断基準を求めるのであれば、神の不在を証明できない以上、信仰による何らかの救済を自らの人生に当て嵌めていく方が、間違いなく、そうでない場合よりも、おそらくははるかに有益である、と（神の不在を説く者は、そもそも信仰を幸福の基本に据えないであろう）。そのように考えると、幸福というワードは最後に登場することになる。

しかし、成功をキーワードとした場合は違う。この場合、成功というワードは最初に来るはずである。なぜならば、文明が著しい進歩を遂げたために、私たちは、私たちがそのために必要とする客観的な数値をたちどころに得られるようになったからである。おそらく、ここに登場すべきワードは、集中であろう。権限の集中であり、また富の集中、いずれにせよ、拡大につながるべき要素を集中させることで見えてくるものを優先させていく、ということ。だが言うまでもなく、そうなった場合、格差の問題が浮上してくる。当然、格差は、幸福追求のためのモチベーションにマイナスの影響を与えるであろう。したがって、ロイも私も主観的要素をちりばめることによる幸福を優先させることの重要性を説いているのである。ここに登場すべきワードは、分散である。

分散故、その個は、いわゆる中央の判断基準に翻弄される割合が減少する。つまり、その個は、home の設定において、客観的数値を重視する人々よりも多くの選択肢を持つことになる。ここは、14～17歳時分においての自分探しにどの程度成功したかどうかが問われる部分であるが、ここをうまく切り抜けているのであれば、その個は30歳を過ぎ、最早青春とは言えない年代に突入していった時にこそ、分散による利益を享受することになるのであろう。

いつまでも若く（生きる）、なるほどそのように考えない人もいるのであろう。だがおそらく、「いつまでも若く」の実践は、必ずやどこかで回帰の必要性に迫られることになる。なぜならば、私たちがそこに、その年齢に反比例する若さを見つける時、そこにあるのは効率性では決してなく、その個のみが持つ個性であるからだ。ここでは、同質またはそれに類するワードのすべてが否定されている。たとえそこにある2つの個が外見上は互いに1であっても、実際には1・000876024９と1・000876023８であり、この差異を見分けるには自分もその2つの個と同じように、何らかの対象をそこに見つける必要がある。上記した2つの数字が酷似しているように、個性を基準にした場合、その対象は自分に似ているものであるべきなのである。

自分に似ている何か、ここではモラルが登場しなければならない。それは常に恍惚を上回るものであり、また集団ではなく連帯を想起させるものでなければならない。確かに、そこでは共有されるべき理念がより善的であることが求められるが、ここに急進的要素が入り込むと、他を出し抜くことにより一気にトップに躍り出ることが可能になるという、革命的行動をその個の内側において誘発することにもなりかねないため、実は用心して筆を進めなければならない場面だ。

優秀な人ほど、そこに格差や貧困といった全人類的な負の要素が重く横たわっている場合、決して悪意ではなく、そのような革命的思想に染まってしまうという虞が生じるのであろう。その彼がまだ若いのであれば、その彼を徒らに批判することも難しいのであろうが、すでに神の再定義が必要であると述べている以上、ここはロイも私もそう簡単には引き下がることができない箇所でもある。

古典の復活が果たされないのであれば、本来、質量にしか当て嵌まらないはずの「スピードをかけることによって生じるエネルギー」が、そうではない分野において仮想発生されてしまうため、一発逆転をも図る若者、または一獲千金を目論むビジネスマンたちが、その仮想エネルギーに必要以上の自分の時間を注ぎ込んでしまうかもしれない。しかも、そのような人々に必ずしも悪意を見出せるわけでもないために、一定の権威を持つ常識人たちでさえ、そこに然るべき措置を講ずることについて、ある程度躊躇せざるを得ないのである。

そして、そうこうしている間に、ただ時間だけが、すでに気付いている人々を嘲笑うかのように、黙々と流れていく。

またも私たちは「後で気付く」ことになりそうである。やがて宇宙人ロイは地球を後にする。もしかしたらこのような出来事は、この五千年の間に複数回起きていたのかもしれない。そしてそのたび、ロイのような怪しい人物が、地球上のどこかで、ロイと同じようなことを宣っていたのかもしれない。なるほど、考えようによっては、彼らは皆神の使者。時に仙人のようであり、また時に預言者のようであり、またしばしば異邦人のようであった。いずれにせよ、彼らは皆あっという間に現れて、そしてあっという間に去っていった。もしかしたらその中には、宇宙人もいたかもしれないが、その多くは、間違いなく子を生すことがなかった。そう彼らは宿命を背負い、運命の中を生きたのだ。天才とも後に評されることもある彼らが、もし神に選ばれし者でなかったのであれば、なぜ残酷な運命が彼らを襲ったのか?

古典を顧みるとは、つまりそういうことであろう。「動ではあるが不動」、彼らは常にそこにいる。だが神が沈黙を貫いているように、彼らも、そこに意志を持つ者が何らかのインスピレーションを働かせることによって普遍的な理念や法則を見出さない限り、決して私たちに語り掛けてくることはないのである。

5　最終段階　個性とは何か？

ここでは、政治的にはおそらく共和制ではなく君主制に近い形態となるのであろう。だが王の権威を上回るだけの権限が、選挙により選ばれた者たちに付与されている議会を設置し、また適切に運営していくことで、古典の価値は、おおよそマーケットの判断に対抗しうるだけの存在意義を示し続けるのではあるまいか。

ここでのキーワードは、所有とアイデンティティーであろう。

Who are you?

「あなたは誰ですか？」に対する答えが、自分以外の任意の一人物とまったく同じということはあり得ないのであって、ここでは厳密に差異が認められなければならない。そういう意味では、コスモポリタニズムにも通じるのであろう one world の定義には、私たちは慎重であるべきなのかもしれない。ここは単に worlds、つまり複数形であるべきなのではなかろうか。いや、もっと言えば、ここは無数の輪でよい。問われるべきはそこに意志があるか否か。

明確な意志を持つ無数の輪

しかし、マーケットは、拡大を志向する限りにおいて、homeを知らず、また漂泊の詩人は、結婚しない限りにおいてhomeを持たず、である。ロイも私も、この両方を否定している。文明を否定できない以上、私たちが合理的に生きるということは、互いに契約を結ぶということでしかあり得まい。なぜならば文明を否定できない以上、本能による判断を理性による判断に優先させるということはできないはずだからである。おそらく以下のような定義も可能であろう。人を愛するとは、神を仲介人として相手と契約を結ぶということ。だが信仰が理性により判断されうるものであるならば、今こそ神の再定義が必要であるということになる。もしそうでないならば、客観的数値により構成される世界の視点、または、所有ではなく使用によってのみ権利が保障される世界の視点によってのみ、私たちの社会は成立可能となる。果たしてそのような社会に、古典の存在可能な領域というものはあるのであろうか？

神とは何か？

それはあらゆる不都合の代名詞

したがって、私たちが、現在の価値観による人生（神の再定義は不必要）に、完璧なる生存保障を期待することができないのであれば、私たちはついに神の掌から逃れることはできないのであろう。

子が生まれるとは、この世で最も喜ばしい出来事のはずである。ならば婚姻を結ぶもまた然りであろう。なぜ私たちは神前（一神教だけではあるまい）において誓約を交わすのか、または、なぜそこに神官（牧師も含む）がいなければならないのか、神の再定義において、そここそが明らかになる。

喜びではなく祝福

私たちは、天使たちの祝福によって幸福となる。そうでなければ私たちは、私たちの都合のよいように現実をも書き換えてしまうであろう。仮に、そこに過ちが生じた場合には、誓約に反した罪により懺悔（または、何らかの禊）が必要になるはずである。だが喜びが優先されるのであれば、違反された側にアドヴァンテージが発生するだけである。つまり、違反された側に、少なくとも一回だけ、誓約に反する権利（懺悔不要）が自動的に付与されることになる。当然、ここではかなりのモラルハザードが予想されることとなる。果たして、そのような社会において秩序は適切に維持されるのであろうか？

貧困、格差の解消のために知恵を絞ること、効率性と個性のバランスを維持することに腐心すること、そしていつまでも若く、と努力すること

経済も環境も長寿も、それらが持つ諸課題はすべて、神の再定義が不必要である、と自然に認識されているが故に発生した現象であろう。もし神という言葉に抵抗があるなら、不都合でよい。だが、結局は同じことになる。私たちは果たして、火星に何か決定的な、文明にプラスになる価値を発見できるのであろうか。ロイはまったく火星について言及していないが。

不都合を克服するためにはどうすればよいのか？

不都合を愛する。

では不都合を愛するとはどういうことか？

いずれにせよ、その答えは古典の中にある。実際には僅かずつ動いているのだが、あまりにも僅かずつであるためにほぼ不動に見えるもの。すでに価値を確立しているもののいくつかは、マーケットによってその価値を保全される。しかしそれ以外のものや、これから生まれるであろう作品の価値に対しては、サロンにおいて秘かにそのサポートが図られることとなる。

ここでサロンについての何らかの説明が必要になるのであろう。私はここでいうサロンを以下のように定義したい。いわゆるエスタブリッシュメントと称される人々が一定程度存在し、彼らは皆地代や遺産で食べているような人々であるが、しかし彼らがサロンの主となり、そこにいわゆる各分野の目利きでもあるパトロンたちを集め、彼らの意見を頼りに、マーケットから芳しい反応を得られない優秀な人々にこそ秘かに援助を行う。

冷静に考えてみれば、それほど不思議なことでもあるまい。歴史上のある地点において、一成功者により始まった拡大の歴史は、マーケットという仕組みを生み出し、また完成させることによって、新しい人生の価値観の創造に成功した。また、そこでは神ではなく合理的、客観的なデータの蓄積によって、おおよそ人種及び宗教の矩を超えることに成功した。ここは、経済のみならず、文化芸術をも巻き込む形で急速に進行したため、旧来の宗教観に縛られている人々以外は、現在も望むと望まざるとにかかわらず、このマーケットの論理をほぼそのまま受け入れることによって、人生設計を組み立てていくことになっているようだ。

なるほど、参入と退出の自由が認められているのであれば、そこでは一定の条件の下、ほぼ完全なる平等が実現している。だがそのことこそが、ロイと私が問題視している、時間の芸術に対する優位性を過度に認める結果につながっているのであり、万人に等しく与えられている時間が、質量の持つ価値に悉く打ち勝っている、という現実をも生み出してしまっているのである。

平等、それは時間のことである。しかし、決して平等ではないものもある。個性である。

では個性とは何か？

唯一無二のものである。

では唯一無二とは何か？

存在のことである。

では存在とは何か？

質量のことである。

ここに時間が来ることは決してない。そう、神は時間を創らなかったのだ。神が創ったのは、時間ではなく速度（スピード）である。そして、それを可視化するために、熱をも同時に担保する光が創られた。では、なぜ神はそうしたのか？

それは、質量を持つもののみがエネルギーを発生させることができるからだ。そして、その代表が太陽（恒星）である。そのように考えると、エネルギーを発生させることのない時間が善足りえることはあり得ないであろう。善足りえるのは質量を持つもののみであり、その筆頭は太陽であろう。

では、善足りえるものを基準に考える時、それが生み出し得るエネルギーというものは、如何に形容されるべきなのであろうか？

私は、ここに「最新の」という形容を思いつくことができない。ここに来るべき形容詞は「個別の」であり、また「オリジナルの」であろう。

「新しい」とは事実を形容するものであり、おおよそ万人（ここには旧来の宗教観に縛られている人は入らない）によって受容されるべきものである。したがって「最新」が担保するものは、成功であって幸福ではない。

しかしエネルギーとは、また消費を連想させるものでもある。太陽でさえ今この瞬間も何かを消費しているのではなかろうか。ならばエネルギーの中に永遠を見出すことは難しいのかもしれない。では一体、何が永遠の担保足りえるのか、また永遠の担保なしに私たちは幸福を得ることができるのであろうか？

ここに来るべき言葉は、神の再定義である。

では、如何にしてそれは可能なのか？


何度も繰り返すが、ロイも私も、文明の発祥は芸術にあり、という点で意見の一致をみている。

つまり、文明を否定できない以上、私たちは、芸術を用いることによって神の再定義を試みるべきなのであろう。そして、芸術にもまた質量が認められる。

ここで一つの結論が導き出されるのであろう。

質量を持つという点に於いて、愛と芸術はその次元を一にしている。
ここには万人の幸福というキーワードが見え隠れしているが、もう一つのワードも見えるのではなかろうか。
そのワードとは循環である。

では循環を実現させるためにはどうすればよいのか？

ここでもう一つのキーワードが示されることとなる。

それは、対象である。

対象を見つけること。

したがって、時間ではなく質量を持つ何かが求められることとなる。なぜならば、対象とは、自らの個性に似ていることがその筆頭の条件になるからだ。
それは音楽に関するものであろうか、文学に関するものであろうか、それとも映画や演劇に関するものであろうか、または数学などに関するものであろうか、いずれにせよ、そこでは効率性ではなく、自らの個性にほぼ一致する何かが基準となる。しかし、実際には、その対象と自らの個性との間には一定の齟齬が生じるのであろう。そのため、それを解消するために、そこに何らかの工夫を施す必要が生じるのである。

循環＝対象の発見＋個別の工夫

万人の幸福というワードを提示している以上、ここは少しこだわりを持って述べなければいけない箇所であろう。ロイも私も、時間軸で幸福度を測ろうとする試みには、徹底して反対の立場をとっている。ここは、質量を持つ何かを対象とする個性が、その中心に来なければならないのである。

私たちは死を恐れる。また若さの喪失を恐れる。しかしいずれにせよ、それを避けることができないのであれば、むしろ、そこに生じざるを得ない負に対抗できるだけの正の創造に、持てる力のすべてを傾注すべきであろう。そして、そのための対象の発見である。再び、自分探しというワードが出てきそうだが、14～17歳までのいわゆる反抗期に、自分が「何を好きで何をやりたいか」の目星をある程度でよいので付けておかないと、青春の曲がり角に到った時（もはや若くない）に、ただ過ぎ去りし日々を懐かしむ人になりかねないのである。これは万人の幸福に著しく反する。特に医療の進歩に伴い長寿が実現するのであれば尚更のこと、回帰と懐古の峻別については、この書でも明確にする必要があるのであろう。

「好き」を知る者は、曖昧を否定する者であり、複数の選択肢を示された場合でも、必ずやいずれかを選択する者である。

つまり決定する。

その個は、決定するのである。

「好き」を知るからこそ目標を定める。また、目標を定めるからこそ、そのための条件を複数の中から選択するのである。

ようやく、なぜ私が、ここまで、自称宇宙人のロイに関心を持ち続けたかがわかり始めた。成功のためのノウハウではなく、幸福のための処方箋。したがって細かな数字の分析ではなく、俯瞰による全体像の把握。計るべきはタイミングではなく、自らの個性とその対象との距離。したがって夢、目標でもあるその対象との適切な距離を測りながら、その一方で多角的にそれを眺める。時に近寄るが、時に突き放す。その塩梅は、時間とはまったく無関係に決定される。

Time ではなく tide、潮時と判断した時がその時である。

時間を計るのではなく、距離を測る。したがって、そこでは、自らの個性に見合った対象が必要になる。ならば、青春時代において、自分が「何を好きで何をやりたいか」を見つける努力を怠った人は、ついには対象がないが故に、当然それとの距離も測ることができないまま、年齢を重ねていくしかないのではあるまいか。そうなれば、そのような人は「いつまでも若く」をどうやって実践していくのであろうか、それとも、若さの維持については諦めるということなのか。しかし、その一方で、長寿社会はすでに待ったなしの状態にあるはずだが。

「好き」の実践＝永遠とも思える若さ

ここに、自己実現というワードが来ることとなる。その個は、自分が「何を好きで何をやりたいか」を実によくわかっている。おそらく、そこでは、効率性というワードは、可能な限り完全に排除されているはずである。なぜならば、個性の産物とは、それが完成した瞬間においてこそ、そのエネルギーを最大にすることができるからである。そこには「速い」も「遅い」もない。すべてがその個性にとってちょうどいいのである。

自分が何をやりたいか、なのか、それとも、彼らが私に何を期待しているのか、なのか？

幸福を導き出す前者はリスペクトに包まれ、成功につながりうる後者はプロスペクトに包まれる。

再び循環というワードが登場する。神の再定義の最終目的は、この循環というワードの中にある。つまり、科学が神に勝利する以前に立ち返るということである。しかしそうなれば、マーケットに代わり、神の代理人を名乗る人物が利に関する全権を掌握することになる。したがって、神の再定義が必要になるわけである。そうなれば誰も神の代理人を名乗ることはできなくなるであろう。

ほぼ間違いなく、経済も環境も長寿もそれらの諸課題は、すべて循環をキーワードとすることによってその解決の糸口を見出すことができる。つまり repeat である。repeat を

resetに優先させることで、そのための最初の一歩は刻まれる。

循環の代名詞は何か?

水である。ここが油との最大の相違点である。そしてエネルギーが担保するものが熱である。

果たして、熱と水(H_2O)がそこにない場合、酸素を含む、生命体にとっての必要不可欠な条件は、十分担保されるのであろうか?

(ここはハビタブルゾーンを、キーワードにすることもできるのかもしれない)

そして、酸素なしに私たちはどうやって生きていけばよいのであろうか?

ならば私たちは、神の再定義とともに「エネルギー=富の源泉」についても再考する必要があるのではなかろうか?

神は決して私たち人間を平等には造らなかった(giftedと呼ばれる人たちもいるようだ)。ここは、もちろん権利の意味においてではなく、特にフィジカル、スキル、そして個性の三つの要素において顕著である、といえるであろう。ということは、私たちが存在し続ける限りにおいて、自然格差が生じることとなる。才能に恵まれている者(ここではⓐとする)は、それを当然のことのように、その個の内側において成長させ、平均以上の現世的果実を得ることとなる。しかし、そうでない者は、自分探しをして、自分に相応しい居場所を見つけ、そこをhomeと定め、自らの独占的領域を狭いながらも築く（ここでは⑥とする）か、または自分探しを怠った結果、homeの選定に失敗し、他力頼みで成り行き任せの人生を送る（ここでは©とする）かである。この場合、前者（⑥）は幸福を得る可能性が残るが、後者（©）は市場の拡大が保障されない限り、やり直し不可の不安定な人生を送ることとなる。

恵まれた者はさらに恵まれ、そうでない者は、おおよその場合、自ら居場所を何とかして開拓し、そこを本拠地として、しかし汲汲とした日々をただ送るしかないのであろう。つまり、神はえこひいきをするのである。そうだとしても、神の再定義がそこにない場合、上記©は市場の拡大への期待が裏切られた場合に、また⑥も自己実現のための努力が一切現世的利益に結び付かなかった場合に、行き場を失うことになりかねない。そして、ただ上記ⓐだけが、その天賦の才故に、しばしば凡才たちの負の情念に悩まされながらも、しかし、より物質的な人生を送ることになる。

では、この神による自然格差を私たちはどのように解釈すればよいのであろうか？

マーケットは万人にチャンスを与えるが、一方で⑥と©は、うまくいけばいくほど、自らに対するマーケットの期待を裏切ることができなくなるために、おおよその場合、意志と期待とのジレンマに苦しむこととなる。もしマーケットに関心を示さなければ、ジレンマからは解放されるが、その代わりに物質的には恵まれない人生となる。したがって天賦の才に恵まれているわけではないことが判明した瞬間、私たちはⓑかⓒかいずれかを、結果的にせよ、選択することとなるのである。

ここは　拡大を志向しなければアイデンティティーを維持できない、資本主義社会の性質をよく表しているといえるが、しかし、現行の制度に代わる体制を構築できない以上は、反資本主義に転身するか、または個の内側においてその人生に関する認識を改めるか、どちらかしかないのであろう。つまり、最終的には、成功、または幸福のどちらを優先させるかである。

ここは、コミュニティでしか生きることができない（そうでなければ漂泊の詩人となる）私たちの限界を、ある意味示しているのであろうが、homeがこの書の重要なキーワードである以上、安易にマーケットの期待に従うというわけにはいかないようだ。

ただマーケットがその本来の目的を達成し続ける限りにおいて、マーケットの期待に副うことが、結果的に、その個のアイデンティティーの確立に一役買うということはあるのであろう。だが、資産の形成にリスクが伴う以上は、対象が何であれ、投資された財（権利も含む）が安定的に運用されるという保障などはどこにもないはずである。ここは健康を間に挟んでもよい場面だが、未来に不安定要素が存在し続ける限りにおいて、私たちはどこかで「いつまでも若く」を必ずや想起させるのであろう場面に遭遇することになるのである。

ではそうなった時、そしてそこに保険がかかっていなかった場合、不安定要素があるが故の喪失、または喪失感に、私たちはどう対処すればよいのであろうか？

どうやらマーケットが拡大を志向する限りにおいて、成功、または幸福のいずれかを選択せざるを得ないことによる不条理から解放されるために、私たちは今現在二者択一を迫られているようだ。

時間と質量である。

ここで再びロイの登場である。

彼は時間そのものが持つ限界を提示するためにここへとやってきた。観察者（observer）が何かを発見（discover）すると、必ずやそこには法則が生まれる。そして、それこそが、その後継者によって受け継がれていくのである。ロイは宇宙人であるが故に、私たちよりも少しだけ早くdiscoverしているようだ。ロイは、この世と神、そして時間と質量との関連性について、何らかの法則を提示しようとしているようだ。きっとそれは、文明社会を生きる人々にとっては実に重要なインスピレーションを誘発しうるものであるに違いない。なぜならば、この法則を知ることが、私たちの日常にとって実に重要なある要素を知る手掛かりになるかもしれないからである。

その要素とはエネルギーのことである。ここは当然ながら、モチベーションを含む、であるが、このエネルギーは単に熱を生み出し得るものだけでなく、その方向性をも同時に担保し得るものでなければならない。そうなって初めて、私たちは何のためにここに存在しているのか、の答えに達するための第一のヒントが見えるようになる。

では存在とは何か?

それは個性のことである。

では個性とは何か?

唯一無二のもののことである。

そして唯一無二とは、代用不可であるということ。つまり「それでなければだめだ」ということである。

では、なぜ「それでなければだめだ」なのか？

その個性を反映させるためのカスタマイズの余地がそこに生まれないからである。存在をイコール個性と定義することで、なぜ質量が時間に優先されなければならないのかが、朧気ながら見え始めたようだ。ここはオプションという言葉も見え隠れするが、外見も含む総量に変化が生じて、初めて個性はその価値を発揮し始める。ここでもしその逆に舵を切った場合、そこに生まれるのはコピーであって、それは反オリジナルの単なる模倣でしかない。そして模倣は、「回帰→ restart」にはつながらず、むしろ「回顧＝記憶の固定化」につながる。果たして、それは文明の衰退以外の何かにつながるのであろうか？

「文明の発祥は芸術にあり」とは、芸術家の人生がそこに経験を積み重ねることによる、そして同時に、ほぼ同じ数の感性の劣化（喪失）を認識することによる「回帰→ restart」の飽くことなき繰り返しに他ならないことを意味している。そしてそのように理解することで、回帰と回顧が如何に似て非なるものであるかがようやく腑に落ちるようになるのである。ここでの回帰と回顧の関係性は、時間と質量の関係性に似ているともいえる。

回帰∨回顧
時間∧質量

質量を基準にして初めてそこにカスタマイズの余地が生まれ、それが回帰の底辺をいつしか形成することとなる。マーケットはそこに投資されるべき量の増減によってその価値を判断されるが、反マーケットはそこで消費されるべき労力による質の優劣によってその価値を判断されることとなる。つまりマーケットは、時間（季節なども含む）によって個々の対象の価値が判断されるため、唯一無二度の高さよりも、その瞬間における価値が重視されることとなる。しかし反マーケットはその逆、つまりその瞬間における価値よりもその質の優劣、つまり唯一無二度の高さによってその価値が判断されることとなる。ここでようやく「文明の発祥は芸術にあり」の認識がなぜ重要なのかが、少しずつ明確になり始めた。

おそらくそこに回帰がなければ、文明は直ちに衰退を開始する。そういう意味では、私たちは量の増減に簡単に一喜一憂するべきではない。

そこで消費されるべき労力によって判断されるその対象の価値は、ほぼ間違いなく創造と破壊を繰り返すことによってのみ、唯一無二度を増大させることができる。ここではその主体である個は数歩前進しては原点に立ち返り、また数歩前進しては原点に立ち返る、を繰り返すこととなる。つまり自然に循環が生まれるわけだが、しかしここで、結果的にせよ reset ではなく repeat を選択することによって、原点回帰が何らかの化学反応を起こす素地もまた自然に生まれるのである。

つまり、わざとそれを崩すことで未知の要素を取り込み、そこに想像力を活かせる余地を作るのである。

発見＋工夫＝方位

果たして、方位の定まっていない人が対象をわざと崩して、そこに想像力の結果でもある新たな座標軸の設定に成功するであろうか？

厳密には、ここはプロフェッショナルをも巻き込むべき部分であるが、個性を効率性に優先させて初めて、その個はそこにある微妙な差異に気付くことができるのであり、この「違いが判る人」こそが、政治、経済、科学技術、そして文化芸術、そのいずれの分野においても信頼されるべきリーダーとして後継者を育て得る立場に立つべき人になるのである。

そのように考えると、個性とは、direction、つまり方向性のことでもあろう。「どちらでもよい」ではなく、「ここがよい」である。そして、その「ここ」とは（最終的には、その個にとっての）home のことである。

マーケットを過度に意識したが故に効率性を優先させた者は、ついには home の選定に失敗し、「いつまでも若く」を実現できないかもしれない。中には、その才覚を発揮して生涯、拡大、またはそれに近い形を実現させる人もいるであろうが、そういう人は決して多くはあるまい。

また、個性とは、同時に厄介なもの、面倒臭いものでもある。

では、最も厄介なもの、面倒臭いものとは？

軍隊である

そして間違いなく、軍隊は決定する力を持つ。

こうも述べなければならない。そこに大規模な喪失が生じ、当然ながら大規模な修復、復興が必要な場合、私たちはついには決定せざるを得ないのである、と。

現実の軍隊においては、存在、行動、及び理念に関する規定に加えて、それぞれの環境下における組織論がしばしば優先されることになるのであろうから、ここではその部分は完全に度外視して、心の軍隊について述べることになる。

心の軍隊、それは決定する力を有するが故にストイックである。曖昧さが排除され、方位が定まっているからこそ、発見＋工夫の余地があり、また悲劇がそこに横たわっているからこそ、哲学的である。

なるほど、ここは組織としての軍隊との違いを鮮明にしなければならない箇所であるが、軍人としての経験がロイにも私にもまったくないために、心の軍隊とは極めて内省的なものである、ということを強調したうえで先へ進みたいと思う。

そこに主観である「好き」があって、初めて「決定する」は容易になる。そして、決定者はフォースの効果を知るが故に、その選択の結果を信頼できる第三者に報告しようとするはずだ。つまり、「伝える」が生じる。その伝えられた情報がより多くの第三者によって共有されることによって、コミュニケーションが成立する。

ロック、ジャズ、そしてクラシック。「好き」の対象がそれら選択肢の中にある場合、決定者は、直ちにそれらのうちいずれかを選ぶであろう。その瞬間、方位が定まる。

万人の幸福は、このようにしてそのとば口に立つ。

なるほど反軍隊は親平和、共存かもしれない。だが「決断しない」は方位不明確故に、喪失（時に重大）後の必要な復興、復活の選択肢の数を、場合によっては著しく減少させてしまうかもしれない。だが、そこにフォースがなくともエネルギーは発生しているため、その個に何らかの才能が備わっているか、または市場の拡大が事実上保障されている場合、そこに間違いなく生じるであろう経済的利益のために、その個にとっての未来に、本来であれば当然講ずるべきと思われる対策の幾つかが疎かになるかもしれない。その結果、経験上予想される自然災害にせよ、または客観的数値に基づく個人的、社会的不安要素にせよ、それらが眼前に迫った時、フォースの欠如は、もはや手遅れの痛撃を彼または彼女に見舞うかもしれない。

指揮官が配下の軍隊を動かそうとする時、果たして彼は僅かたりとも躊躇するであろうか？

答えはnoであろう。なぜならば、その場合、彼の支配下にある多くの兵士の命が危険に晒されるからである。ようやくここに来て、ロイの幸福へのこだわりになぜ私が共感したのかが、私自身、推察できるようになった。

「個性＝direction」はそこに一定量のリスクが存在する場合、決してyesを選択しない。さらに言えば、yesを選択してはいけない。だがそこにフォースがないにもかかわらず、エネルギーだけはある場合、果たしてその個は明確にそこにあるリスクを計算したうえで、yes、またはnoを判断できるであろうか？

ここは、マーケットの拡大によって容易に、少なくとも短期的には覆ることが可能な部分であるために、実に注意を要すべき箇所である。

たとえ判断の誤りがそこにあったとしても、マーケットの拡大によって新たに生まれた領域において、敗者はいつでも再起を期すことができる。したがって、マーケットの拡大が事実上確約されればされるほど、判断の曖昧さは社会的に許容されてしまうのである。これこそ、幸福論における資本主義最大の誤謬である。

Time is money.

マーケットの特徴を端的に表しているであろう、この一句は、しかし「質量∨時間」を支持し、tide の time に対する優位性を説くロイと私には、到底受け入れられないものだ。

Day trader は、インフォメーションをコミュニケーションの上位に設定することによって、major の中心を独占しようと目論んでいるのであろう。このような、自然の摂理にも、また個々人の置かれた環境の多様性にも反する、特定個人優先論に、ロイも私も断固とした態度で臨みたいと考えている。

6　別れ　不思議なことに、安堵

ロイは、あと数日で地球を後にする。以下、ロイの最後の言葉である。

——私のような宇宙トラベラーは、実は数多く存在する。だが多くの場合、誰もそれを信じようとしないために、その言動が記録されることはない。また、私たちの誰もそれを望んでいるわけではないために、そのような現実が数多く生じたとしても、そのことが私たちのスケジュールに何らかの影響を与えるということは一切ない。したがって私もまた数多くの先例に従って、実に静かにここから去っていくことになる。

私たち宇宙トラベラーは、こう尋ねられた時の答えを見つけるために旅を続けている。

その問いとは、

Who are you?

である。

アイデンティティーとはすべての知的生命体共通の問いなのであろうが、しかし、その答えは、この宇宙のどこに暮らしていようが自分で探すしかないのであろう。そういう意味では、トラベラーは如何なる者であれ、「過ぎ去っていく者」なのかもしれない。だからこそ、トラベラーは必ずや home の選定を第一に考えなければならない。もし不幸にも home の設定がうまくいっていない場合は、その彼または彼女は、直ちにトラベラーであることを辞めるべきである。そうでなければ、いくら旅を続けたからといって、“Who are you?” の答えは決して見つからないであろう。

「帰るべき場所がある」ことが、トラベラーにとって必須の条件である。

大袈裟に言えば、私の旅は真実を見つけるための旅でもある。そして私は、その資格は美を理解し、善を奉じる者にのみ与えられるのである、と信じている。美は善に先行するが、しかし一方で、美は善がその後見役を務めなければ決して独立することはできない。そして、この両者が見事なまでのバランスを構築し得た時、愛が成立する。果たして詩人は愛を詠う時、そこに真実を見出そうとしていないだろうか？

だが私は、今日までの旅の過程でこうも思うようになっている。文明とは本質と表層との乖離のことであり、文明が進歩すればするほど、その距離は広がることはあれその逆はない、と。だがそれでは、いつしか真実の追求は覚束なくなる。

では、どうすればよいのか？

その答えは、いつか私がhomeに帰り着いた時に、ある種の連鎖のような形で、さらに言えば象徴的なインスピレーションをも伴って、私にもたらされるのであろう。それまでは、私は旅を延々と続け、その過程における多くの人々との対話を通じて、少しずつその有資格者に近づいていく他ないのであろう。このストイックな旅は、しかしその一方で、大きな喜びもまた保障してくれる。事実、私はこの地球という、実に稀有な価値を持つ惑星に辿り着いた。そして多くの友も得た。旅をすればするほど、誰もが信仰に近づく。それは、その道程におけるすべての出来事が、いつか帰るべきhomeを、私がどのように解釈すべきかを示唆しているように思えるからだ。

旅をするためには、いずれにせよどこかで出奔を決断しなければならない。そのためには、「何のために旅をするのか」という動機付けが必要になる。おそらくそういうことであろう。具体的な結論に達するためには、必ずや、抽象的なキーワードを幾つか連結させていくことによって、そこに帰納的に一つの形を少しずつ体系化していくしかないのである。そういう意味では、最初に具体的な名称や数字を示すことで、モチベーションの向上を画策するという方法は、周囲の理解を得やすいにもかかわらず、あまり推奨はされないということになるのであろう。真実に至る旅は、おおよそ静かに始まり静かに終わる。そして、おそらくは本人でさえhomeに帰り着いた後、しばらくたってから、ようやくその過程に生じた様々な出来事の意味に気付く。だから、連鎖という言葉が連想されるのである。ここはシンクロという言葉を使ってもいい場面だ。重層的に、幾つものインスピレーションが、面白いくらいに符合していく。そう、「まさか」と「またか」である。

次を予想することは、ほぼ不可能であるにもかかわらず、そのインスピレーションが訪れた時には、「やっぱり」とか、「なるほど」とか思うのである。

そんな時私は、神が私の細胞の中に組み込んだのであろう秘密の暗号を、もしかしたら読み解けるのではないかという気がしてくる。そして、それはほぼ万人に共通する幸福の方程式につながり得るものであり、またおそらくは私一代で終わるものではなく、私の後継者たちによって引き継がれるべきものなのである。

面白いことに創造のすべては美を理解し、善を奉じる者たちによって為されたにもかかわらず、文明とはその必然的性質において常に本質と表層との乖離が進行することによってのみ、その体裁を保ち続けてきた。だからこそ、一旦出奔し、然るべき時間が経過した後に、すでに設定済みのhomeに帰還することにより、日々進行する一方の乖離に抗う必要が出てくるのである。つまり、その個は、その人生において最も重要な一周を終了したことになる。ここは、惑星の自転公転を例にとるとわかりやすいかもしれない。地球の場合、自転に365と4分の1をかけてようやく公転一周分になる。春夏秋冬（十二か月全部という意味）すべてを経験するのだから、そうでない人（まだ二周目に入っていない人のこと）よりも多く真実につながりうるヒントのようなものを、その個は得ているはずである。私の場合、まだ夏の終わりかまたは秋の入り口くらいと思われるが、いずれにせよ半分は経過している。まだこの先どうなるか想像もつかないが、しかし全体の少なくとも51%に達してようやく見えてくるものもある。つまり過半数であるが、この51という、言ってみれば拮抗状態こそが持つ緊張感だけが、まだ薄暗い夜明け前にもかかわらず、他に先んずる一歩を印す、その動機になり得るのである。プラス51とマイナス49であるから、とてもそこに余裕などない。しかしだからこそ、相反する二つの要素が結合するには最適のタイミングなのである。そういう意味では、この地球という惑星は、私にとっては文字通り折り返し点であるからこそ、その内側において何らかの化学反応を呼び起こすには、最高の場所であったと結論することができるであろう。

すでに半分を経過しているのだから、残り半分はこれまでよりは、体感的にははるかに速く過ぎ去っていくのであろう。そしてようやくhomeに帰還した後、私は何らかの言葉を残すことになる。

私はここで、もっと私に関わってくれたすべての人々に感謝の意を表するべきであろうが、そろそろ出発の時が近づいているようだ。

私は二度とここへは戻ってこないであろう。しかし文明とは、おそらくはそのようにして継承されていく。

すべては過ぎ去る

だから、私たちが偶然にも、真実に極めて近い何かを発見した時、私たちは決して狂喜乱舞することはなく、むしろ厳粛な心持ちに襲われるのである。ここには言うまでもなく、生命の誕生と終焉とが来る。

そこにある存在そのものが意味を持つ。使用も起動も関係ない。ただそこにあるだけでそれは価値を持つのだ。もし存在イコール個性ならば、彼または彼女は外形に一切囚われることなく、ただ方位（direction）のみを定めるために、日々を過ごせばよいということになる。やがて鳴るベルは、出奔のみを意味するものではないであろう。しかし進むにせよ留まるにせよ、「決定する」がいつか朧気でしかなかったhomeを明確化させるであろう。そして、そこに間違いなくある喪失が、信仰による善をバックボーンに、その個にとっての真実に、彼または彼女をいざなうであろう。

さようなら、諸君――

私たちが経験する価値というものは、おおよそそうなのであろうが、ロイもまた風のように、いつの間にか去っていった。だが私は経験上、ロイがそのように私から離れていくことを薄々感じ取っていたために、まったく取り乱すことなどはなかったのだが、運命の悪戯が、いつか奇跡の再会を私たちにもたらしたとしても、もしかしたらそこには「劇的な」などと形容される瞬間などはまったくないのかもしれない。

　やはりロイは、その風貌も含めて、ある意味預言者であったのであろうか。そう疑ってしまうほど、宇宙人という彼の肩書は、時空を超えた印象を実に捨て難く放っていた。おそらく正確には、そこでは「こんにちは」も「さようなら」もない。ただあるものがあるだけだ。そういう意味では、自称宇宙人のロイは永遠の現在形の存在。ただ遠く離れたがために、私たちからは見えなくなっただけだ。いや、奇跡というものは、きっとそうであるに違いない。そこにあるにもかかわらず、通常の私たちからは決して見えない存在。存在イコール個性であるならば、その辺りも容易に理解されよう。それが個性である限り、そしてそこに意思がある限り、それは無になることはない。なぜならば意思を持つ個性は、方位を自然と定めるからだ。そして、彼または彼女は永遠の旅人となる。

　預言者とは永遠の旅人。だが死を恐れる人々の多くは、彼の定義が自らの執着に害を及ぼすことを恐れて、決して彼の言に耳を傾けようとはしない。したがってこの記録に触れる人々も、そこに厳然と存在する乖離を目にした瞬間、そこから離脱せざるを得なくなるのであろう。


　回帰とは、おそらく、常に私たちの最も近い未来に横たわる分岐点。

永遠である以上、循環でなければ存在はいつしか「=個性」ではなくなるということであろう。

文明とは、私たちが神により定められた運命に従った結果なのか、否か？

棘を避けることが意味するものは、楽園からの追放。

知恵を得たアダムとイヴの最初の行為は、負からの逃避。

なるほど、それほどまでに棘を愛するとは、(自称) 宇宙人の言葉を引用しなければならないほど困難なことなのであろう。

私たちが今未来に見ているものは、終点か、それとも折り返し点なのか。いずれにせよ、その時ロイが本物の宇宙人であったかどうかが明らかになる。

作者によるあとがき

この作品は、前作『ぼくの地球』に続く作品として書かれたものである。前作のキーワードが「手を汚す」であったために、この作品ではそれに続くワードを設定する必要があったのである。

個性イコール存在であった場合、その手を汚した彼はその後どうするのであろうか？私はそこに興味があった。自らの経験を交えながら「その次」を模索する作業は、任意の分野における認識上の一体系の構築が、最終的に何を意味するのかという観点からも、実に創造性溢れるものとなった。

おそらくは、文明の利器が私たちの日常生活に多大な影響を及ぼす、というのはダヴィデ王の時代より何も変わっていないのであろう。したがって、すでにある方程式をそのまま踏襲するという作業は、基準を歴史に求めるのであれば、十分合理的であったと言い切れるのではなかろうか。

しかし、ここで提示されている、「認識∨事実」を基本とした幾つかの方程式は、右辺が悉くゼロになっているにもかかわらず、幸福をキーワードとした場合には、何とも不思議なインスピレーションをそこに漂わせる結果となっている。もちろん、そのためにこそ、自称宇宙人が登場しているわけであるが、もし文明を基軸としたうえでの歴史的大転換が目前に迫っているのであれば、甚だ僭越ながらこのような考察には、一定の価値が備わっている、と考えられるべきであろう。なぜならば、そこにある相違を是とするのであれば、その分だけ、上下、優劣の区別は意味を持たなくなるはずだからである。しかし同時に「存在＝個性」でもあるので、秩序を担保するための認識の変化が、社会により個人に対して要求されるはずである（社会→個人）。その認識の変化の終着点を、私は幸福というワードに設定しようと試みているのである。

ここでは当然の如く、「循環＞拡大」という構図が、マーケットの極端な肥大化に比例するように頭をもたげて来なければならないが、生産、商品、貨幣そして消費といった概念が、登場したその時点において、すでに私たちは、価値の最終判断の権限を、徐々にではあっても、手放し始めていたのかもしれない。

そのように考えると、マーケットに依らない、もう一つの価値体系の構築が、もしかしたら喫緊の課題として浮上してくる日も近いのではなかろうか。

またそのように考えて初めて、神の再定義という、一見大言壮語と受け取られかねないこの書の結論にも、一定の合理性が備わるということなのであろう。

ここは最終的には、宗教（本質）と資本（表層）との相克、とでも表現可能な部分であるが、私のこだわりが万人の幸福にある以上、そこに踏み込むことは得策ではあるまい。

ただ一つだけ断っておかなければならないと思われることは、本来、宗教の後見を得てこそ価値を確立できるはずの芸術が、表層の側においてなぜか生き生きとした動きや煌きをしばしば見せている、という事実であり、また更に不思議なのは、にもかかわらず誰もそのような現実に対して警鐘を鳴らす素振りすら見せないということである。ここは、幸福論の範囲内に収まるべき論点であり、今後も私にとってのこだわりの真ん中に陣取り続けるものである、と確信している。

私たちは誰も、文明そのものの設計図を書き換えることなどできはしない。だが、その文明が、まるで神の意図とでも解すしか方法がないような現実的試練に晒された時、私たちは果たしてどのようにそれに対処するべきなのであろうか？

循環と拡大のバランスが大きく変化せざるを得ないような瞬間が訪れた時に、それでも軟着陸を模索する知的な人々は、いったいどのようなメッセージを次世代に残すのであろうか？

おそらくは、数字上は、日々マイナスがプラスを上回り続けるであろう、そのような時代において。

父さんたちの時代はほんとうによかった。

やがて息子がそう言い始める時が来る。そしてうつむく息子に、ただ苦笑いをもって答えるしかない父親の苦悩が、象徴的に新聞紙面を賑わすようになる。

私は思う。たとえそのような現実が訪れたとしても、結局は、私たちが次世代に残せるものは言葉でしかないのだ、と。そして後継者たちは、その言葉の持つ温もりのようなものを感じ取って、後は自身でそこに色付け（カスタマイズ）を施して、各種の再定義に普遍性を持たせる努力を怠らないようにするしかない、と。

しかし、拡大ではなく循環を選択するということは、そういうことだ。コロンブスのアメリカ大陸発見に始まる新大陸貿易は、羅針盤の普及により拡大の一途を辿った。またアメリカ合衆国におけるゴールドラッシュは、大陸間横断鉄道の完成により一気に活性化し、また鉄道の運行は腕時計の発達を大幅に促した。その瞬間、時間は独立し、時刻表により私たちの日常は律せられることとなった。

そして、今である。

私の推察に依れば、私たちは回帰していくことになるので、再び、時間から解放される方向へと、物事の多くが進んでいくこととなるはずである。

「公」ではなく「私」であり、「組織」ではなく「個人」であり、また「集中」ではなく

「分散」であり、そして「成功」ではなく「幸福」であり、故に「何を為すか」ではなく「如何に生きるか」である。

ここに文明そのものが持つ本質的齟齬、または錯誤があると言い切るにはあまりにも僭越過ぎるが、しかし、このようなシミュレーションを、各種社会問題を切り口に論じてみるのも一興であろう。

上がったものは必ず落ちる。そうでなかった例(ため)しなど一度でもあるのであろうか。「タイタニック」でさえ、あっという間に沈んでいる。誰も救助に向かわなかったわけではない。少なくとも夜明けまでは浮いているだろうと考え、その分対応が遅れただけだ。

それが時代の最先端を行くものであろうがなかろうが、決してそこに、持てる時間と財産のすべてをつぎ込むようなことをしてはならない。しかし憚りなく言えば、その判断に誤りがあったことが、事実上証明された時、この私論はようやく日の目を見ることになるのかもしれない。

データ故に取り換え可の何かではなく、個性故に取り換え不可の何か。

ここに古典が来る。

もしかしたら、私たちは、情報処理の速度を増すことによってしか希望の光を見出すことができないという、間違いなく、イエス・キリストの時代にはすでにそうなっていた、文明の陥穽の最終段階に迷い込んでいるのかもしれない。

少なくとも偶像としての神は、瀕死の状態にあるようだ。

2021年10月24日

【著者紹介】

織部和宏（おりべ　かずひろ）

1965年2月　大分市生まれ。
大分商業高校、明治学院大学　経済学部卒業。
現在大分市在住、自営業、独身。
2016年3月まで雑貨店を8年間運営。
絵を描くことを趣味とする。

ぼくの地球（ちきゅう）

2023年3月17日　第1刷発行

著　者　　　織部和宏
発行人　　　久保田貴幸

発行元　　　株式会社 幻冬舎メディアコンサルティング
〒151-0051　東京都渋谷区千駄ヶ谷4-9-7
電話　03-5411-6440（編集）

発売元　　　株式会社 幻冬舎
〒151-0051　東京都渋谷区千駄ヶ谷4-9-7
電話　03-5411-6222（営業）

印刷・製本　中央精版印刷株式会社
装　丁　　　弓田和則

検印廃止

ISBN 978-4-344-94339-1 C0093
幻冬舎メディアコンサルティングＨＰ
https://www.gentosha-mc.com/